Le jeu vous va si bien !

Pascal DERU

Préface de **Jean Epstein**

Le Souffle d'Or
05300 Barret-sur-Méouge
www.souffledor.fr

Illustration couverture : Marie Loiseau

Crédits :

- jeu "Loups Garous de Thierceleux" – auteur : Philippe des Pallières - illustrateur : Alexios Tjoyas éditeur : Lui-même, 21 place de l'église - 44320 Frossay
- jeu "Jungle Speed" – auteurs : Thomas Vuarchex et Pierrick Yakovenko - éditeur : Asmodée

Photocomposition : A' Prim / Fouras (17)

Impression et façonnage : Dumas-Titoulet / St-Etienne (42)

Dépôt légal : mars 2006

ISBN 2 84058 287 2

Le Souffle d'Or

BP 3

05300 Barret-sur-Méouge (France)

www.souffledor.fr

Table des matières

Pour Gudrun,
Nadine,
Catherine

Jouer est une manière d'être au monde.

Pourtant des millions d'hommes auront vécu sans jouer, faute d'en avoir le temps ou le goût.

Heureusement qu'ils ne savent pas ce qu'ils ont perdu !

Préface

de Jean Epstein

Justifier, expliquer, argumenter l'importance du jeu dans le quotidien des enfants, quel que soit leur âge, et à fortiori dans celui des adultes, reste encore de nos jours bien difficile !

Trop souvent, les parents, les professionnels de l'éducation (au sens large), sont coincés, oppressés, piégés par des principes tels que :

- l'avenir d'un enfant est déterminé par le fait qu'il apprenne le plus tôt possible un maximum de choses ! (N'entend-on pas dire, parfois, que « tout se joue avant 3 ans » !?!)
- les activités du jeu doivent donner des résultats cognitifs évaluables, mesurables, rentables et de préférence en rapport avec l'âge présumé du loupiot (c'est marqué sur la boîte !)
- le « bon jeu » est essentiellement le jouet dit « éducatif », d'où la surconsommation de ce type d'outils, vivement encouragée par les fabricants, les commerçants et les médias !
- le jeu, c'est surtout l'affaire des petits, ce n'est pas vraiment sérieux ! Lorsque l'enfant grandit, il doit avant tout travailler (en classe, à la maison, et même pendant les congés scolaires grâce aux « devoirs de vacances » !)

Quant à l'adulte qui aimerait jouer, à la lumière de ce qui vient d'être dit, ce n'est même pas la peine d'en parler ! Il est à la limite de la fainéantise et de l'immaturité !

... J'oublie volontairement dans cette énumération de multiples arguments du même tonneau qui, trop souvent, aboutissent à enfermer le jeu dans une image superficielle et subalterne : on joue quand on n'a plus rien d'important à faire !

En tant que psychosociologue, je travaille depuis une trentaine d'années, dans le champ de la recherche, sur une question unique aux innombrables facettes : celle des moyens nécessaires à chaque enfant (mais jusqu'à quel âge ??) pour construire ses repères, et ceci selon trois axes :

- construction des repères individuels : par l'affirmation, l'accompagnement et la valorisation des ses propres capacités et pôles d'intérêt ;
- construction des repères sociaux : en apprenant à accepter la frustration, le fait de mettre en commun, de respecter des règles, des lois, de tolérer des limites, des contraintes...
- construction des repères familiaux : en trouvant sa juste place au sein de la famille, en partageant des temps sociaux, au jour le jour (manger ensemble, écouter des histoires, participer à des conversations, voyager, aller se promener, jouer de mille et une manières...).

Or, dans tous ces domaines, je croise en permanence la route du jeu, sous de multiples formes ! Parce que le jeu est langage, parce que le jeu est VIE ! Chacun joue ses joies, ses peines, ses peurs... ! En jouant, chacun élabore et confirme ses compétences ! On ne joue pas pour apprendre, mais on apprend par ce que l'on joue !

Cela concerne l'enfant, bien sûr, mais pour l'adulte, en va-t-il autrement ? Certes, non !

À travers le jeu, l'adulte s'autorise à donner droit de séjour à la part d'enfance qu'il a, heureusement, conservée au fond de lui et qui contribue fortement à le rendre humain !

Grâce au jeu, il continue à grandir, à élargir le domaine du possible, à affirmer ses goûts, ses plaisirs, à apprivoiser le temps libre, à communiquer avec d'autres, à transmettre des valeurs, à accepter de perdre, mais aussi se sentir capable de gagner, à offrir, à créer, à afficher ses émotions, à coopérer... !

Cependant, comble de paradoxe, malgré de telles évidences, face à l'esprit de compétition qui nous envahit, à la course contre la montre dans laquelle chacun se trouve entraîné, défendre la cause du jeu, notamment pour ce qui concerne les adultes, est plus que jamais une gageure et un combat !

Pour le mener, les troupes sont moins nombreuses que l'on pourrait le souhaiter !

Depuis toujours, Pascal Deru, à travers ses conférences, ses stages, ses écrits, ses activités quotidiennes, figure au premier rang des plus ardents défenseurs du jeu, dans toute sa noblesse !

C'est donc avec un immense bonheur que j'associe ces quelques phrases à ce magnifique livre qui vous accompagnera longtemps, je l'espère, dans vos explorations ludiques aux mille couleurs, dans ce monde du jeu « qui vous va si bien » !

Jouer est un chemin

Il s'assit près du vieil homme et lui dit :
Je suis père à présent.

Le vieil homme lui dit :
Qu'est-ce que c'est être père ?

Il lui répondit :
Mettre au monde un enfant qui naît d'une union.
Mettre un toit sur ce cadeau.
Veiller au pain quotidien.
Regarder et faire grandir.
Porter, pleurer, aimer, être proche.

Le vieil homme lui dit :
Tout cela est utile.
Il ne te manque donc que le gratuit.

Le père s'en alla en se demandant ce que le vieil homme voulait dire.

Avec l'enfant, il lança donc des cailloux dans le ruisseau
que l'eau engloutit en dessinant des ronds sur sa surface.
Il construisit des cabanes que le vent détruisit.
Il grimpa sur la montagne et lui apprit le nom des fleurs,
que l'enfant oublia aussitôt.

Il dessina sur le sol des plans de jeux qu'ils jouèrent à deux et que les mois effacèrent.

Bien plus tard, il vint encore s'asseoir près du vieil homme et l'enfant était avec lui.
Ils avaient un air réjoui. Le père demanda :
Que nous manque-t-il d'autre ?

Il leur répondit :
Les terres du plaisir vous relient.
La gratuité ouvre des chemins.
Ce qui semble inutile touche à l'essentiel
et permet les traversées de l'avenir.

Chaque fois que l'un de vous aura mal, il saura désormais vers qui se tourner.

Introduction

Es-tu la belle au bois dormant dans le château des jeux ?
Qui sera le prince pour t'y réveiller ?

Regardez-les jouer aux *Colons de Catane* [1] ! Cartes volées, dés qui roulent, soulèvement de bonheur, excitation joyeuse, passage du bandit, trahisons, stratégies, cris de dépit, cris de victoire : pour ces adultes, le monde s'est arrêté et la table de jeu estompe la vie et les soucis de chacun.

Ceux-là ne jouent pas pour faire plaisir. Ils ne manqueraient pour rien au monde ce rendez-vous qui les aère et les nourrit. En cela, ils sont bien différents de la plupart des adultes qui ne les envient guère puisqu'ils sont assurés, en leur for intérieur, qu'ils n'aiment pas jouer et ne s'en portent pas plus mal !

Nous semblons tellement inégaux face au jeu.

Pourquoi certains adultes aiment-ils jouer ?

Pourquoi tant d'autres préfèrent-ils regarder ou se réfugier dans un livre quand on les y invite ?

---

1. *Les Colons de Catane*. Éd. Kosmos. Tout un chapitre est consacré à ce jeu en troisième partie.

Question de caractère ou de culture ?

Question de laisser-aller ou d'expériences malheureuses ?

De toute manière, si vous n'aimez pas jouer, vous êtes dans la norme. Celle du nombre statistique mais aussi celle de l'air du temps qui fait dire que des adultes qui jouent, ce sont de grands enfants.

Jouer ne fait pas sérieux, jouer c'est perdre son temps, d'autant plus dans une société où le temps compte. À tort ou à raison, sur l'échelle des plaisirs, ceux de lire et d'écouter de la musique l'emportent aisément.

Il n'est cependant pas certain que les Européens de demain tiendront le même discours. Chaque jour, de nouveaux invités s'assoient à la table du jeu et, dans le plaisir qu'ils y découvrent, expérimentent combien cette manière d'être au monde est riche et féconde.

L'adulte qui joue accomplit en lui et dans ses relations le tissage très intime d'une toile qui l'enrichit en le liant à d'autres. Outre l'enfant qu'il nourrit en lui-même et sans lequel on est orphelin d'une part de soi-même, il consolide sur ce fond de plaisir l'inestimable réseau dont nous avons besoin pour vivre.

Ce livre prend le parti de regarder du côté de l'adulte. N'est-il pas le parent pauvre de tout ce qu'on a écrit sur le jeu ? Pourtant, chaque fois qu'il s'investit dans une relation de jeux avec d'autres adultes ou avec des enfants, il est le premier bénéficiaire de l'acte qu'il pose : en lui-même, par ce que le plaisir produit de bon en tout homme ; dans sa relation à ses pairs parce que le plaisir est un lien fécond ; grâce aux enfants parce qu'il expérimente avec eux un univers dont le langage symbolique est tellement utile pour la vie réelle !

Un jeu qu'on aime est bien plus que ce qu'il représente en thème et en action : c'est ce qu'il produit en nous-mêmes et dans les relations autour de nous qui est un trésor. Jouer est un acte convivial, riche et fécond, nous permettant de resserrer les liens qui nous sont chers et d'être présents sur la brèche des valeurs.

Le jeu ne moralise pourtant jamais. Sa seule présence – et d'autant plus quand il a été choisi avec soin – sème avec générosité : alors qu'il échappe aux lois de la vie, il nous plonge dans des expériences précieuses pour la vie. Il se frotte à la loi et à la peur, il déploie l'imagination et permet d'expérimenter, il tisse entre les joueurs des mailles dont ils pourront éprouver la solidité en d'autres circonstances.

• • •

Jouer fait partie du patrimoine humain, autant pour les enfants que pour les adultes. L'expérience partagée dans ce livre vient de vingt années durant lesquelles j'ai croisé de nombreuses personnes là où elles-mêmes croisaient les chemins du jeu. Parents en quête d'un jouet pour leurs enfants, ludothécaires en recherche pour leurs adhérents, travailleurs sociaux pressentant que *jouer* soulève des montagnes de convivialité et tout autre adulte en demande de jeux.

Or combien de fois n'ai-je pas été témoin du retournement qui se passe chez ceux qui cherchent en vérité, quand on prend soin de leur part de joueur. Alors qu'ils venaient pour d'autres, ils étaient soudain face à la question de leur propre plaisir et de leur propre laisser-aller au jeu.

Celui ou celle qui accepte ce face-à-face, entre en mouvement. Le plaisir du jeu le modèle, quelque chose de caché advient et, en ces personnes-là, le plaisir, le jeu et la relation s'entremêlent et deviennent du bien-être et du bonheur.

Le jeu est loin d'être le tout de la vie... mais s'en priver, c'est se priver d'un levain merveilleux.

• • •

Ce livre est dès lors un chemin que chaque adulte prendra en cours de route, selon le lieu où il se trouve. C'est un chemin étonnant puisque personne n'y est en retard et que personne n'y est mesuré par rapport à un but à atteindre.

Certains d'entre vous aiment jouer. Puissent-ils mettre, à travers ces pages, des mots plus profonds sur ce qui leur semble une expérience normale... mais finalement souvent associée au manque de consistance qu'on sous-entend dans une *distraction*.

D'autres, bien plus nombreux, n'aiment vraiment pas jouer et ne jouent pas. S'ils se risquent à lire ces pages, j'espère qu'ils découvriront qu'ils ont rendez-vous avec un émerveillement dont ils ne peuvent encore se douter. Je crois fermement qu'il existe pour la plupart des personnes une porte d'entrée dans le monde du jeu et que celui qui découvre la sienne se donne de nouveaux paysages à parcourir pour son plus grand ravissement.

D'autres encore jouent pour faire plaisir ou par souci d'être des parents ou des éducateurs responsables. Ceux-là n'ont guère besoin d'être persuadés de l'intérêt du jeu pour les enfants... mais peuvent-ils se douter que le jeu pourrait d'abord les concerner avant de concerner les enfants dont ils se préoccupent ? Puissent-ils, eux aussi, croiser dans ce livre l'étincelle d'un jeu qui leur convient particulièrement et laisser naître en eux le feu du plaisir plutôt que celui du devoir.

Ce livre est d'abord un livre sur l'adulte joueur que nous pourrions être. Il place sciemment le jeu de l'adulte avant celui de l'enfant... alors que, j'en suis bien persuadé, il se joue *avec* et *en même temps*.

Tant que l'adulte ne joue pas pour son propre plaisir et n'est pas transformé par ce que le jeu peut réaliser en lui, il ne sème pas grand-chose de ce qu'il pourrait apporter dans une véritable relation de jeu avec un enfant.

• • •

La scène suivante est éloquente à cet égard. En venant rechercher à la crèche leur petit garçon, des parents le découvrent assis par terre et jouant avec un escalier à fiches [1]. C'est une grosse planche en hêtre dans laquelle sont encastrés 25 cylindres de hauteurs et de couleurs différentes. L'enfant les sort les uns après les autres, les met en bouche, les jette, les fait rouler... et ceux-ci s'échappent en tous sens sur le plancher. L'enfant n'en fait d'ailleurs pas un souci. Il se contente de ce qui reste à portée de main, récupère, entrechoque et tente parfois de les remettre dans les trous. Les parents l'observent, ravis. Leurs regards sont émerveillés. Leurs yeux disent : *Qu'il joue bien ! Qu'il est curieux ! Qu'il s'éveille !*

De son côté, l'assistante maternelle qui jouait avec l'enfant, renvoie à celui-ci un cylindre en le faisant rouler. L'enfant entre aussitôt dans le jeu, se préoccupe du tenon qui arrive et le renvoie comme il peut. Ainsi s'installe un jeu d'allers et retours entre le petit garçon et l'assistante maternelle.

Et des sourires s'allument.

Chez les parents, c'est un sourire d'admiration. *Que notre enfant est beau et que cette femme fait bien son travail !*

Chez l'enfant, c'est un sourire de contentement : *Quelqu'un me répond !*

Chez l'assistante maternelle, c'est un sourire intérieur : *Merci, petit bonhomme, de me permettre de faire le fou avec toi !*

Trois regards incomparables dont celui qui m'intéresse le plus est dans l'intimité de l'assistante maternelle quand elle se relève. Puisse-t-elle s'écrier intérieurement : *Que c'était bon, petit garçon, d'être ta sœur de jeu ! Puissions-nous*

---

1. Un jeu de la collection HABA (à partir de 9 mois) – nom allemand : *Treppensteckbrett*.

expérimenter souvent cette communion dont chacune de nos vies ressort embellie ! Merci pour ces minutes par lesquelles tu m'as donné et permis de faire vivre mon enfant intérieur !

• • •

En pensant cela, cet adulte est bien au-delà du jeu avec l'enfant. Il reconnaît pour sa propre vie le souffle transformateur du jeu. Il en reconnaît le don et s'en trouve changé. Notre part *d'homo ludens* ne se limite ni aux jeux de notre enfance, ni aux instants que nous consacrons à ceux de nos propres enfants ou à ceux des autres.

Car *jouer* changerait-il quelque chose en l'adulte ?

Jouer pour soi-même – ce qu'on fait théoriquement quand on joue avec d'autres adultes – est une expérience à part entière dont ce livre veut rendre compte.

Jouer pour soi-même et jouer avec d'autres, c'est nourrir en soi une part extrêmement féconde pour sa propre croissance humaine.

C'est en cela que l'adulte est aussi un enfant du jeu.

• • •

Les terres du jeu sont des terres généreuses. Pour les avoir reçues en héritage de tous ceux que j'ai rencontrés et les avoir largement parcourues, je m'en réjouis souvent et vous les promets, à mon tour, comme un paysage fécond.

Le jeu, c'est le côté soleil de la vie, là où éclosent toutes ces choses qui ne servent à rien mais qui nous sont tellement nécessaires.
Alex Randolph

Ce livre est une mosaïque de textes symboliques, d'expériences vécues et de réflexions diverses sur le jeu quand nous nous y engageons. Elles sont toutes proposées à partir du regard et du rôle de l'adulte.

Non que les enfants et les adolescents aient besoin des adultes pour jouer : voilà bien une matière où leur compétence est innée et dans laquelle chacun prend en principe ce dont il a besoin pour grandir et se frotter à la vie.

Pourtant chaque fois qu'un adulte joue avec d'autres adultes ou se relie au jeu des générations qui le suivent, sa présence peut être à la fois une ouverture pour lui-même et un cadeau pour ceux avec qui il joue.

Une ouverture pour lui-même car il se découvre et se relie à sa propre enfance, élabore des projets, construit une ligne de vie et enracine dans sa pratique les valeurs auxquelles il adhère.

Un cadeau pour les enfants et les adolescents avec lesquels il joue, par sa participation active à une loi commune même si elle est provisoire, par sa gestion des expériences qui y sont vécues et par les paroles qu'il peut déposer sur certaines réalités.

C'est ce qu'expriment les regards souvent croisés de la seconde partie du livre : se relier à sa propre enfance, naître à son métier de parent ou d'éducateur, affirmer certaines lois et certaines valeurs, susciter des attitudes coopératives, choisir ce qui a du sens, illuminer de beauté des instants précieux...

Le rayonnement d'un adulte est cependant beaucoup plus efficace si ceux qui l'entourent ressentent qu'il joue par plaisir. Pour certains, c'est facile... tandis que pour d'autres, il leur faudra parcourir du chemin, se mettre en recherche de ce qui leur échappe, comprendre pourquoi ils se sont brouillés avec les jeux.

La première partie de ce livre devrait les aider dans ce sens. Les malentendus ludiques sont parfois faciles à lever et permettent de comprendre que chacun peut trouver sa propre route sur les chemins du jeu. Pour les aider, partout en France et en Belgique, des hommes et des femmes font bien leur métier et sont dignes de confiance. Avec eux, ils découvriront au fil du temps et des rencontres les portes qui leur conviennent particulièrement.

La troisième partie du livre relève précisément certaines de ces portes. Que vous soyez logique ou visuel, porté sur des jeux d'architecture ou de mots, stratège de haute volée ou amateur d'ambiances mystérieuses, vous trouverez un éventail de jeux qu'il vous faudra chercher mais que vous saurez désormais reconnaître. En règle générale, ils viennent d'Allemagne et disposent de traduction. Tous sont des valeurs sûres dans le domaine des jeux de société.

Première partie

Qui a dit que vous n'aimiez pas jouer ?

Je rencontre souvent des adultes qui n'aiment pas jouer.

Soit que c'est vrai, soit qu'ils le pensent, soit qu'ils en ont décidé ainsi.

S'ils sont responsables d'enfants ou d'adolescents, ils ne peuvent cependant éviter de se frotter au jeu.

Les voici d'ailleurs qui me demandent conseil : soit qu'ils ont un cadeau à offrir, soit qu'ils ont besoin de jeux pour l'animation d'une fête, soit encore qu'ils recherchent des outils ludiques pour un projet pédagogique qui les habite.

En règle générale, je découvre rapidement si des adultes donnent à jouer sans qu'eux-mêmes aiment particulièrement jouer. En cela, il n'y a d'ailleurs, de leur part, aucune malhonnêteté. Leur recherche est souvent belle et menée avec intelligence et saveur.

Si c'est alors possible, je ne cède pas immédiatement à leur demande mais je fais un détour par cet *a priori* qui les sépare du plaisir de jouer. Ils s'étonnent et résistent un moment. Ils voudraient s'occuper de leur achat et bien le choisir, mais voilà qu'ils sont tombés sur quelqu'un qui prend au sérieux cette absence de goût qu'ils manifestent, en l'occurrence, pour les jeux de société.

Pourtant, si c'était possible, qui résisterait à prendre davantage de plaisir dans sa vie ?

Mais ils n'y croient plus et n'y croient pas dans ce domaine. Des paroles aussi banales que *je n'aime pas jouer* cachent parfois des blessures dont on a tourné la page dans sa vie.

Pouvoir reconnaître qu'on n'aime pas jouer et en ressentir quelque déception, c'est se donner la chance de pouvoir repartir de quelque part.

Le verger

— *Asseyez-vous*, dis-je à cette mère qui est venue acheter un jeu pour sa petite fille de trois ans.

À l'étage de Casse-Noisettes [1], entre les rayons de jeux de société, il y a une table et quelques chaises.

— *Je n'ai pas vraiment le temps*, me répond-elle.

— *Quelques instants, si vous le voulez bien ?*

Mais elle sait que c'est un piège. Ce n'est d'ailleurs pas pour rien qu'elle est ici. Ne lui a-t-on pas dit : *Tu seras bien conseillée.*

Le manque de temps est peut-être sa vraie raison. Je sais pourtant qu'ils sont nombreux ceux qui minimisent, derrière cette réponse, leur *non-plaisir* à jouer.

Mais c'est un aveu qu'on ne fait pas tout de suite. Surtout dans un monde où le jeu prend doucement une place dont la valeur est reconnue par les plus grands pédagogues. Cela, bien des personnes le savent tout en ne sachant pas quoi en faire dans leur propre vie.

Comment donc lui ouvrir une porte qu'elle laissera ouverte si elle le désire ?

---

1. Casse-Noisettes, où je travaille, est un magasin de jouets en bois et de jeux de société à Bruxelles.

Je prends sur le rayonnage un jeu de la marque HABA. Il s'appelle *Le Verger* et j'en pose la boîte fermée sur la table.

— *Je vais vous montrer quelque chose de merveilleux.*

Notre attente a besoin de mots pour entrer dans un univers.

Quand je dis à cette mère que ce qu'elle va découvrir sera très beau, je lui dis : *Vous allez vous régaler*. Or qui n'a pas envie de se régaler ?

Quand je dis à un père : *Ce jeu est le jeu que je choisirais pour mon propre enfant*, peut-il penser autre chose que : *Dans ce qui existe ici et dans les limites de notre recherche, le meilleur va être montré ?*

Dans un magasin, une ludothèque ou une bibliothèque, c'est souvent une bonne question que de demander : *Que choisiriez-vous si c'était pour votre propre enfant ?* Je n'affirme pas que le jeu, l'objet ou le livre proposé conviendra parfaitement car les plaisirs sont différents d'une personne à l'autre. Je suis cependant certain que la réponse appelle le meilleur de la part de celui qui est interpellé.

Je n'ai pas encore ouvert la boîte du Verger. Je ne suis pas pressé de trahir ma surprise. Personne n'entre en enchantement en brûlant les étapes. En revanche, j'habille la découverte du jeu d'une histoire :

Une corneille gourmande attend sagement sur les branches d'un arbre fruitier. Nous sommes dans un verger et l'oiseau est là...

Cette fois, j'entrouvre la boîte sans en révéler le contenu. J'en sors le très beau plateau et l'ouvre devant cette mère. On y voit, merveilleusement dessinés, quatre arbres qui en occupent largement les coins : un pommier, un poirier, un cerisier et un prunier. Au milieu, l'image d'une grosse corneille noire, le bec gourmand...

– Le jeu du verger –

Les mois passent. (Je poursuis l'histoire) *Les fruits poussent dans les arbres.*

J'illustre tout aussitôt mes propos en sortant de la boîte des petits fruits en bois : qu'ils sont beaux ! Petites pommes vertes en bois tourné, cerises rouges par paires, prunes bleues et allongées, poires bombées et jaunes...

Mes doigts connaissent les gestes par cœur. Combien de fois n'ai-je pas expliqué ce jeu en 15 années ? Je peux donc laisser travailler mes mains et suivre le ravissement progressif de cette maman devant les pièces du jeu. Elle ne dit encore rien... mais l'émerveillement s'allume dans son regard comme un cristal dans la lumière.

Les mois ont passé. Les fleurs sont devenues des boutons et les boutons sont devenus des fruits. Septembre est là. Nous avons envie de faire un gâteau et nous venons joyeusement dans le verger pour y cueillir des fruits. Mais surprise : une grosse corneille nous a devancés et se sert goulûment. Vite ! Vite ! Cueillons avant qu'elle n'ait tout mangé et, pour aller plus vite, cueillons tous ensemble !

J'ouvre enfin la boîte. Largement. J'en sors des petits paniers en osier tressé, embellis d'une anse. Ils sont superbes !

C'est souvent à ce moment précis que l'adulte s'exclame : *Que c'est beau ! À ce jeu, je jouerais volontiers avec mon enfant !*

Il n'en revient pas lui-même. Il entend son propre aveu.

Cette personne entre en émerveillement. Elle n'est pourtant pas encore au bout de ses surprises car le Verger vaut des détours qu'offrent peu d'autres jeux. Elle entrouvre une porte de sa vie soit qu'elle avait refermée, soit qu'elle ne connaissait pas.

C'est d'abord un émerveillement personnel et cet acte est essentiel si on ne veut pas tricher. Tricher, dans le domaine du jeu, c'est ce qu'on sait... mais c'est aussi et certainement jouer *pour faire plaisir* dès lors que jouer n'est plus un cadeau mais un devoir qui pèse.

De cette galère récurrente dans laquelle l'enfant nous invite chaque jour, il y a en tout cas deux manières de se libérer : soit faire *avec* en se disant que les enfants grandissent et que cette mission trouvera naturellement son terme ; soit trouver des jeux que nous aimons réellement.

Entendez bien : je ne parle pas de jeux qui font plaisir à l'enfant... mais de jeux qui nous font dire : *Moi, l'adulte, j'y jouerais volontiers !*

Sans plaisir, il n'y a pas de jeu. Un jeu est sans ardeur s'il n'est pas fondé sur votre propre plaisir.

Si certains peuvent vraiment avoir du plaisir en faisant plaisir aux autres, j'aimerais pourtant qu'il leur arrive de découvrir un jeu dans lequel leur propre plaisir est touché et déploie en eux des ampleurs de vie qu'ils ne soupçonnaient pas.

> *Es-tu la belle au bois dormant dans le château des jeux ?*
> *Qui sera le prince pour t'y réveiller ?*

Mais revenons au *Verger*.

Chaque enfant a reçu un panier et, en lançant le dé quand c'est son tour, cueille en respectant la symbolique des couleurs : rouge, une paire de cerises ; vert, une pomme ; jaune, une poire ; bleu, une prune.

Pour être honnête, chez Casse-Noisettes, la règle originale du jeu a été légèrement modifiée. Le but du jeu est devenu celui-ci : quand chaque joueur a recueilli dans son panier deux fruits de chaque espèce, le jeu est gagné de manière communautaire par tous les enfants. Une situation de jeu surgit donc rapidement : si un joueur possède déjà deux fruits d'une même espèce et qu'il pourrait en cueillir un troisième, que doit-il faire ?

Dans la plupart des jeux, quand un enfant possède ce qu'il doit obtenir pour lui-même, il passe son tour ou se tourne vers l'étape suivante. En général, les règles sont ainsi faites. Ici pourtant s'ouvre une autre possibilité : l'enfant peut continuer la cueillette pourvu qu'il en offre le fruit à quelqu'un d'autre.

À toute petite échelle, c'est une révolution. Passer son tour ou offrir sa chance. Se replier ou « mourir sa solitude » [1]. La vie est soudain bousculée dans ses principes individualistes.

N'obligez cependant jamais cet enfant à partager, même dans un jeu. On étouffe la générosité en la rendant obligatoire. Cet enfant a le droit de choisir. *Soit tu passes ton tour, soit tu offres ce fruit à qui tu veux... Fais vraiment ce que tu veux, tu n'es pas jugé.*

Beaucoup d'enfants, s'ils sont libres, devraient choisir de passer leur tour. Et pourquoi pas ! Le bon sens n'est-il pas d'abord d'être en paix avec soi-même et d'être un vainqueur ?

Laissez-les donc faire... mais vous les adultes, si le cœur vous en dit, partagez vos fruits avec les enfants quand l'occasion vous en sera donnée. C'est un autre fruit que vous récolterez dès lors. Il est vraisemblable que l'enfant qui aura été le bénéficiaire de votre don, s'ouvrira et partagera à son tour quand il aura le choix entre *passer* ou *donner*. Nous savons que le don entraîne souvent le contre-don.

---

1. Amélie Nothomb, *La métaphysique des tubes*.

J'ai tant de choses à dire, mais les quelques instants concédés sont passés depuis longtemps. J'ai même l'honnêteté de le signaler à cette maman. Elle me regarde amusée. Elle a laissé s'entrouvrir une porte qui lui permet de revenir dans l'univers du jeu. Cela la ravit et elle semble ravie :

— *Donne-moi encore de cette bonne eau à boire !*

Je poursuis l'explication : *Si l'enfant obtient la face PANIER sur le dé, il peut choisir n'importe quel fruit pour lui ou pour les autres. Enfin, si l'enfant obtient la face CORNEILLE, il se passe ceci de merveilleux : tous les enfants coassent en même temps !*

— *Coââ ! Coââ !*

On pose aussitôt sur l'image centrale la première des neuf pièces d'un puzzle qui représente la corneille.

Écoutez bien maintenant : si les neuf pièces couvrent la corneille et que tous les fruits n'ont pas été cueillis et partagés entre les joueurs, la corneille gagne la partie et les enfants perdent tous ensemble.

Nous sommes dans un jeu de coopération [1]. Tout est chamboulé. La défaite ou le succès est communautaire ; mais c'est justement parce que la défaite est communautaire qu'elle est moins lourde à porter. Perdre tous ensemble, c'est moins dur que de perdre tout seul. De plus, si on est fâché après quelqu'un, ce n'est pas après un autre enfant... mais sur la corneille. Le jeu coopératif n'enlève ni la compétition, ni l'agressivité mais les dirige autrement. Les jeux coopératifs ne sont pas des jeux de mauviettes. Ils nous apprennent à faire front autrement.

En logique inverse, si les enfants ont cueilli tous les fruits et que chacun en possède bien deux de chaque variété dans son panier avant que le puzzle de la corneille ne soit fini, les enfants gagnent tous ensemble. Le jeu du verger n'est jamais

1. Un chapitre de ce livre est entièrement consacré aux jeux de coopération.

fini ni gagné tant que chaque enfant n'a pas, lui aussi, 8 fruits dans son panier. Si donc quelqu'un a fini sa cueillette, il continue à jouer pour aider les autres.

Qu'on puisse ainsi jouer sur un tout autre registre que celui de la compétition habituelle, est une perle de plus sur le collier de l'émerveillement.

Les quelques instants sont devenus vingt bonnes minutes... et je rappelle parfois à l'un ou l'autre que la matinée s'est écoulée et qu'il y a peut-être des enfants qui attendent devant le portail de l'école.

— *Voulez-vous que je vous écrive un mot d'excuse ? « Maman a trop joué ! » Voilà bien une faute acceptable* [1]*... et ce fruit défendu puisse-t-il généreusement pousser dans votre vie !*

Quand elle s'en va, je suis conscient que nous n'avons grimpé qu'une part de la montagne... mais ce fut si bon ! Si cette personne revient un jour, nous découvrirons ensemble d'autres chemins de traverse.

Au fil des mois, nous deviendrons des compagnons. J'apprendrai doucement ses goûts et elle me fera confiance. Nous irons à son rythme et nous ouvrirons d'autres portes sur le jardin de l'émerveillement.

C'est un travail que personne ne peut faire avec tout le monde car les connivences et les complicités sont multiples. Tant de personnes disent *qu'elles n'aiment pas* jouer. Où rencontreront-elles celui ou celle qui leur fera traverser le gué ? Celui ou celle qui leur montrera la bonne boîte au bon moment ? Celui ou celle qui se préoccupera autant d'elles-mêmes que des enfants ou des adolescents pour lesquels elles sont venues ?

---

1. « Les enfants jouent, c'est leur travail. Ce serait bien de faire jouer les adultes en prétextant un travail urgent. » Luc Van Malderen, graphiste et pédagogue.

Es-tu la belle au bois dormant dans le château des jeux ?
Qui sera le prince pour t'y réveiller ?

Peu de marchands font ce travail qui leur donnerait des ailes. C'est peut-être parce qu'ils ne connaissent pas leurs jeux ou encore que la rentabilité de leur magasin ne le leur permet pas réellement. Il en existe pourtant dans toutes les régions de France et de Belgique. Bien des ludothécaires le font aussi en conseillant avec justesse certains jeux. Certains le font même remarquablement et entretiennent une histoire de confiance avec certaines personnes. Elles rendent en cela un service inestimable et servent en profondeur les relations *parents-enfants.*

Dites-le donc : *je n'aime pas jouer !*

Comme cette mère à qui j'ai fait découvrir *le Verger*, vous êtes nombreux à déclarer *ne pas aimer jouer*.

Mais que dit-on vraiment quand on emploie cette expression ?

Je n'ai pas le temps.

Je n'aime pas perdre.

Je n'aime pas les jeux qu'on me propose.

Je n'ai pas les mêmes goûts que lui.

Jouer, ce sont de mauvais souvenirs d'enfance.

Je ne comprends jamais les règles.

Je n'aime pas les jeux longs.

Et la liste pourrait être plus longue.

De telles affirmations sont communes à de nombreuses personnes. Des événements dans notre culture ou dans notre histoire personnelle les ont générées.

Je perçois parfois un léger embarras à les reconnaître car, pour certains, elles sont en porte-à-faux avec l'image qu'on porte en soi d'un *bon* père ou d'une *bonne* mère. Nous savons tous que le jeu est un chemin d'éveil pour l'enfant ; que c'est son métier naturel. Être parent, c'est aussi soigner cette part-là de l'enfance comme on veille sur ses autres aspects : la nourriture, la santé, les nuits, la scolarité, l'éveil musical...

Dans le domaine du jeu, même si nous, les parents, ne faisons rien, les enfants jouent. Nous pouvons donc faillir à notre présence dans ce domaine : il y aura de toute manière des jeux dans leur journée.

Beaucoup de parents pensent qu'ils sont actifs dans le domaine du jeu parce qu'ils achètent des jeux et des jouets pour leurs enfants. Sur le carnet des comptes, c'est vrai, ils sont loin d'être les derniers à participer aux milliards dépensés chaque année dans un tel domaine.

Mais acheter ne veut pas dire *jouer*. Pour beaucoup, ce peut même être l'occasion d'une certaine démission : *Occupe-toi avec ce que je t'ai acheté.* Je devrais écrire : *N'as-tu pas assez de jouets pour te passer de moi ?*

À vrai dire, je ne connais aucun parent qui dise une phrase aussi cynique. Mais fondamentalement, cette masse de jouets fait l'affaire de beaucoup. S'ils devaient se donner aux jeux à la place de se donner aux achats, ils seraient franchement ennuyés car jouer n'est plus de leur goût. S'ils tiennent quinze minutes à jouer pour faire plaisir, ils ont assez de bonnes raisons pour quitter cette rencontre : *Je vais préparer le repas, j'ai du linge à repasser, je dois téléphoner, je préfère lire.*

Raisons quotidiennes, toutes aussi sincères les unes que les autres. Personne ne leur jette la pierre. Nous sommes tous les mêmes.

Pourtant, à bien y réfléchir, ces raisons-là sont-elles les vraies ? Que s'est-il passé pour que le jeu dont la vocation première est de fonctionner sur le plaisir, devienne une raison d'ennui ? Quel étrange retournement si nous nous accordons pour dire que jeu et plaisir devraient être indissociablement liés ?

Il faut donc descendre au plus profond de nos histoires et laisser se dire ces affirmations que nous avons relevées :

Je n'ai pas de temps pour de tels jeux.

Je n'aime pas perdre publiquement.

Je n'aime pas le choix de jeux qu'on me propose.

Je n'ai pas les mêmes goûts que mon compagnon et ce n'est donc pas un lieu de rencontre.

Jouer, ce sont de mauvais souvenirs d'enfance que j'ai enfouis.

Je ne comprends jamais les règles et je ne suis donc pas à la hauteur.

Je n'aime pas les jeux longs et j'aimerais revenir à des activités plus passionnantes.

Les personnes qui sont capables de se donner des mots aussi clairs... prennent une fameuse longueur d'avance sur celles qui disent : *Je préfère lire un roman policier, faire des confitures aux fraises, voyager loin, écouter le* Stabat Mater *de Pergolesi.*

Les premières, n'en doutez pas, aiment aussi lire un roman de Orson Scott Card, faire des confitures aux myrtilles, marcher dans les Alpes, écouter un *Stabat Mater* de Vivaldi... mais, plutôt que de refermer la porte sur un domaine en se tournant vers d'autres, elles acceptent d'ouvrir les yeux et de se poser des questions sur ce rendez-vous manqué.

Reconnaître une réalité, c'est se retrouver sur une ligne de départ.

Ainsi, à mon sens, dire *je n'aime pas jouer* est une affirmation essentielle si elle est une prise de conscience et non une fuite.

Cette affirmation ne devrait cependant jamais représenter une impasse.

Elle dit, en effet, quelque chose d'essentiel sur ce que vous attendez d'un jeu et que vous n'y trouvez pas. Vue de cette manière, chaque phrase dite peut alors devenir une fenêtre ouverte, une question dynamisante, un chemin possible.

Vous n'avez pas de temps pour jouer... mais vous en avez bien, par ailleurs, pour des activités qui vous donnent du plaisir. Qui résisterait au plaisir ? En jeux, il en va comme pour les livres. Ce n'est pas parce qu'on n'aime pas certains livres qu'on n'aime pas lire. Ce n'est pas parce qu'on n'aime pas certains jeux, qu'on n'aime pas jouer.

Ah ! Si vous pouviez découvrir ceux qui vous plairaient : vous auriez soudain du temps pour les jouer !

Vous n'aimez pas perdre parce que vous vous sentez parfois stupide, parfois humilié... et vous avez bien raison de fuir des situations qui ne vous apportent ni du respect ni de la dignité.

Ah ! Si nous pouvions trouver des jeux où le cœur de l'action est tourné vers ce qu'on vit et non vers ce qu'on gagne !

Vous en avez assez de jouer aux jeux de vos amis. Ce sont toujours les mêmes : Trivial Poursuit, Monopoly, Risk... Dans les uns, on sait d'avance qui va gagner et, dans les autres, c'est le système même du jeu qui vous déplaît.

Ah ! S'il pouvait exister d'autres jeux qui ne seraient pas intellectuels mais intelligents, qui ne seraient pas écrasants mais conviviaux ?

S'il y a une terre où vous ne pouvez suivre votre partenaire, c'est dans sa passion pour les échecs et tous ces jeux abstraits qu'il ramène à la maison. Vous avez bien essayé d'y jouer pour lui faire plaisir... mais les années ont eu raison de votre patience. Aujourd'hui, ces jeux ne sont plus pour vous une terre de partage. C'est une affaire entendue dans votre tête.

Ah ! Si vous pouviez cependant deviner qu'il existe des jeux qui conviennent à tous les deux, chacun pouvant y donner réellement toute sa mesure ?

Dans votre famille, quand vous étiez enfant, les jeux finissaient toujours mal. Vous vous souvenez d'un frère qui trichait, de parties qui tournaient à l'aigre, de scènes de colère, de pions jetés par terre. Avec raison, vous avez refermé le livre de ces blessures.

Mais savez-vous que vingt ans ont passé et qu'un jeu joué avec d'autres partenaires peut se situer aux antipodes de votre expérience en semant largement douceur, rire, paix, bonheur ?

Tous les jeux vous semblent compliqués. Vous ratez sans cesse la marche : tout le monde a compris... sauf vous ! « Fais un effort ! disent-ils, tu comprendras en jouant ! ». Ils insistent, ils en rajoutent. À vos yeux, ils en rajoutent surtout sur la scène du ridicule où ce sont toujours les mêmes qui sont forts et toujours les mêmes autres qui sont des idiots.

Savez-vous pourtant qu'un vrai joueur est celui qui prend le temps d'accueillir son partenaire dans le jeu, qui redouble de patience et de douceur pour que ce jeu soit réellement une terre de partage ? Pour ceux-là, il n'y a ni retardataire, ni laissé pour compte : un jeu est incomplet sans la présence de l'autre !

Jouer, oui, mais pas durant deux heures ! À chacun ses goûts, à chacun sa disponibilité ! De toute manière, les jeux courts sont légion. Bamboleo ne dure que 10 minutes. Jungle Jam et Jungle Speed se jouent en un quart d'heure ! Et Kaleidos, Lobo 77, Au diable le vautour, Obalistig, tant d'autres..., tous aussi bons les uns que les autres, sans qu'aucun ne dépasse la frontière des vingt minutes !

C'est peut-être la grande découverte à faire : les jeux sont divers et s'adressent à des plaisirs différents. Il existe réellement des jeux qui conviennent à chaque personne : courts pour ceux qui aiment le court ; volages pour ceux qui aiment le volage ; rusés pour ceux qui aiment le bluff ; merveilleux pour ceux qui aiment le magique ; profonds pour les arpenteurs de l'infini ; rieurs pour les fêtards et les endiablés ; stratégiques pour les malins ; conviviaux pour ceux qui aiment être en relation, négocier, s'allier...

Quelle diversité !

Pourtant, lorsque j'interroge les groupes que je rencontre sur les jeux qu'ils connaissent et pratiquent, rares sont les réponses qui évoquent des jeux d'aujourd'hui. En jeu, 95 % des joueurs en France et en Belgique se contentent encore des jeux qui furent mis sur le marché il y a 20 ans... alors qu'une production brillante, riche et variée est actuellement disponible et sans cesse renouvelée.

Quelle bonne nouvelle donc ! Au portillon de l'abondance se pressent des dizaines de jeux dont certains vous conviendraient à merveille. Il suffit de chercher, d'arriver dans les bons lieux, de trouver ceux qui vous les transmettront.

Les terres du jeu sont vivantes et surprenantes. Elles sont des lieux de partage. Elles ne cessent de nous promettre le meilleur.

Si le jeu pouvait parler, il nous dirait :

Permets-moi de faire la preuve que je serai fécond dans ta vie,

que je t'éveillerai là où tu sommeillais,

que je te révélerai des visages de toi-même que tu ne connais pas.

De mon plaisir à notre plaisir...

Fabian, 25 ans, participe à un groupe de jeux que j'anime ce matin. Il est surpris par la variété des jeux et s'est visiblement bien amusé. Nous en parlons durant le déjeuner.

— *C'est dommage,* me dit-il, *que les jeux soient si chers.*

Je lui réponds :

— *La notion de coûteux est une notion relative. Quand je vais au cinéma, l'entrée coûte 10 euros pour une personne et pour une seule fois. Est-ce que 20 euros représentent donc une somme exagérée pour s'amuser dix fois de suite ? Un disque coûte autant...*

J'ai bien visé...

— *Oui, mais pour des disques, ce n'est pas la même chose...*

— *Question de point de vue ! Personnellement, je trouve que des parents ont raison d'investir dans de bons jeux pour leur famille. En mettant en circulation de tels jeux, ils provoquent de la rencontre et créent une bonne ambiance familiale.*

— ...

— *Si, pour toi, un jeu est une occasion de rencontre avec ta compagne, ce jeu en vaut la peine et son prix se justifie d'une certaine façon.*

— *... Sauf qu'elle ne joue pas aux jeux que je possède !*

J'ai même visé dans le mille !

— *En as-tu beaucoup ?*

— *Deux !*

— *Lesquels ?*

— *Un jeu d'Échecs...*

— *Sache alors que ta compagne est « normale » La plupart des gens n'aiment pas jouer aux Échecs. C'est à la fois un très bon jeu et un des pires, car il sépare au lieu de relier. Je ne connais pas ta compagne mais je peux m'imaginer que ce n'est pas une abstraite en jeu. Comment donc pourrait-elle trouver du plaisir aux Échecs ? Toi, pour y jouer, tu es obligé de trouver des partenaires en dehors de ton couple.*

— *C'est pas dérangeant !*

— *En allemand, le terme qu'on emploie pour nommer son adversaire est « Mitspieler » – celui qui joue « avec ». On insiste davantage sur la notion d'une action partagée que sur celle d'une action « contre ».*

— ...

— *Et ton autre jeu ?*

— *Abalone !*

Je ris.

— *Abalone, c'est un jeu de la même famille que les échecs ! Envoûtant par ses billes qui se soulèvent comme des vagues... mais finalement tout aussi abstrait et hautement stratégique !*

— *Elle n'y joue pas plus.*

— *Je m'en doute ! Les jeux qui sont dans ta maison ne sont pas spécialement des jeux qui favorisent votre rencontre mutuelle. Tu te dis donc avec raison : est-ce que ça vaut encore la peine de mettre 20 euros dans un jeu ? Un jeu ne vaudra réellement cette somme que s'il réussit à vous faire jouer ensemble. Rassure-toi cependant : il y en a beaucoup. Mais la façon de les trouver est intrinsèquement liée à la question suivante : quels sont les jeux que vous aimeriez tous les deux ?*

— *Elle veut bien jouer aux dames chinoises.*

— *Sais-tu pourquoi ?*

— *C'est un jeu dans lequel on saute par-dessus des pièces adverses sans les jeter dehors.*

— *Et c'est elle qui gagne ?*

— *Pas spécialement... mais perdre ne la dérange pas.*

— *Belle logique ! Celle d'une vraie joueuse ! Je crois que j'aimerais jouer avec ta compagne. Elle joue pour jouer.*

— *Hm !*

— *En réalité, la vraie question à laquelle tu devrais d'abord répondre, c'est bien celle-ci : où mets-tu ta priorité ? Dans ton plaisir de jouer aux échecs ou dans ton plaisir de jouer avec elle ?*

Il me quitte intrigué.

Pourtant l'après-midi, il revient vers moi et me dit :

— *Tu me conseillerais quel jeu pour que nous ayons du plaisir ensemble ?*

Je l'ai regardé avec tendresse.

— *Essaie Cités Perdues* [1].

---

1. *Les Cités Perdues*, Édition Kosmos. Titre allemand : *Lost Cities*. Un excellent jeu pour deux joueurs (durée : 15 minutes).

Ce n'est pas posséder des jeux qui importe,
C'est les *mettre entre nous* qui les rend féconds.

Cela voudrait-il dire :
Passer de nos plaisirs à notre plaisir ?

L'expression
Je n'aime pas jouer
est souvent un malentendu.

Ce matin, j'ai joué avec toi

Ce matin, j'ai joué avec toi
et je t'en remercie.

Chaque fois que tu acceptes de jouer avec moi,
tu acceptes que nous nous rencontrions en dehors de notre routine.

Une partie de jeu n'est jamais monotone
si on s'y donne rendez-vous avec plaisir.

Jouer à deux,
c'est prendre du bon temps ensemble autrement que par la parole, l'amour et la nourriture.

C'est nous mesurer dans une découverte qui nous relie,
qui nous permet de regarder ensemble dans une direction purement imaginaire.

Vivre du vrai hors du réel,
ça nous fait tellement du bien !

Nous n'en ressortons pas plus intelligents
mais nous en ressortons plus proches.

C'est un ingrédient facile pour notre route ensemble !

Se priver de quel plaisir ?

Les Chinois aiment manger du chien.

Moi, je n'ai même pas envie d'y goûter.

Qui sait pourtant si ce n'est pas un mets savoureux ?

Mais, en moi, bien plus que la peur de l'inconnu, il y a de la répulsion...

Ne pas aimer jouer, est-ce aussi l'expression d'un dégoût qui me détourne de ma culture ?

La mode est au saut à l'élastique.

J'arrête la voiture sur le bord de la route et je regarde cette cérémonie pour laquelle un client a payé le prix fort.

Les organisateurs vérifient une dernière fois les sangles de son harnais.

Dans quelques secondes, ce sera le grand plongeon.

J'en frissonne... et je ne prendrais sa place pour rien au monde !

Ne pas aimer jouer, est-ce une prudence saine, une peur des vertiges, une crainte de l'abandon, un défi qui me dépasse ?

J'adore lire.

Il y a pourtant des livres que je n'aime pas dès la couverture.

Il y en a d'autres que j'abandonne après vingt pages.

Tout compte fait, certains livres me déçoivent.

Les livres sont inégaux.

Mais l'une de ces raisons m'empêcherait-elle, pour tout l'or du monde, d'encore lire ?

J'aime certains livres,
ceux qui me conviennent
et ceux-là me ravissent.

Il en va de même pour les jeux.

Il est normal de ne pas aimer tous les jeux qui paraissent.

Certains me conviennent davantage.

Ne pas aimer jouer, est-ce avoir dit ***non*** *de manière définitive à un monde ?*

Séduction

— *Papa, tu joues avec nous ?*

— *Non, j'ai envie d'écrire.*

L'enfant dit aux autres : *Il a répondu : NON !*

En l'écoutant, je trouve que mon enfant n'est guère nuancé. N'ai-je pas dit que j'avais envie de faire autre chose et quoi : *écrire*.

Les autres se mettent à jouer. La partie est joyeuse. Les rires fusent.

De l'étage, j'entends cette bonne humeur. J'ai du plaisir pour eux.

Moi, j'écris.

Une phrase sur le papier.

Un temps de silence pour réfléchir... ou, peut-être, pour les écouter.

Rires en bas.

Nouveau silence devant ma feuille.

Nouvelle phrase sur ma feuille.

Nouveaux rires en bas.

J'entends soudain que le jeu est fini. Des bruits de victoire joyeuse éclatent. Les commentaires fusent. Puis ils se disent les uns aux autres : *Faisons une autre partie !*

Mon sang ne fait qu'un tour. J'ai presque envie de les rejoindre et je le leur dis sans leur dire (n'a-t-on pas toujours envie de se faire désirer ?) :

— *Vous vous amusez bien ?*

Comme si je ne l'entendais pas... À quel jeu je joue donc avec moi-même ?

Ils me répondent :

— *Oh oui !*

Ils continuent :

— *Nous commençons une autre partie. Tu n'as toujours pas envie de jouer ?*

— *J'arrive...*

En jeu, à tous les niveaux, il y a beaucoup de séduction. Sur le choix des jeux, sur l'ambiance qui naît, sur le désir de l'autre... C'est de bonne guerre !

En sens inverse...

Une part de mon métier, c'est d'essayer de nombreux jeux. J'ai donc souvent besoin de partenaires pour les jouer. Heureusement que j'ai une famille joueuse.

Ce soir, trois sur cinq sont d'accord pour essayer un nouveau jeu *dans la mesure où je leur laisse le temps* de finir certaines tâches.

Nous nous donnons rendez-vous à neuf heures, ce qui convient à tous.

L'une finit un travail à l'ordinateur.

L'autre dévore le chapitre suivant de son livre.

Le troisième cherche un cinquième joueur dans la maison d'à côté.

Je mets ce temps à profit pour préparer la table de jeu. Je la fais plus jolie que d'habitude en disposant avec soin les grandes cartes vertes, les faux billets et les jetons de ce jeu de Faidutti [1] qui nous promet une ambiance de casino. Puis, sur le coup d'une inspiration, j'y ajoute pour l'ambiance des coupes, du mousseux, du chocolat aux noisettes et une bougie !

Sitôt dit, sitôt fait !

La table est pleine de couleurs. Qui résisterait ? La soirée promet d'être animée.

Or voici que Nicolas m'annonce qu'il a changé d'idée. Il revient à l'instant de chez les voisins et déclare : *Je préfère finalement rejoindre les copains à la Maison des Jeunes.*

Oh ! ma déception !... Il me regarde étonné puis découvre la table attrayante, le décor de tripot... et surtout les coupes et le mousseux.

Son regard va de la table à mon visage, hésite un instant... puis il me dit avec tendresse :

— *Finalement, je crois que je vais tout de même rester...*

1. Bon auteur français dont le meilleur jeu est *Citadelles*.

Le cadeau de notre temps

Derrière l'expression *je n'aime pas jouer* se cache généralement une parole sur le *non-plaisir* en jeux de société.

Cette aversion ne semble pourtant pas exister au point de départ. Les adultes jouent beaucoup avec les petits enfants. Sur la plage et à la piscine, je ne cesse jamais de m'émerveiller de ces gestes mille fois répétés où des pères construisent des châteaux de sable et des mères balancent tendrement leurs petits sur la surface de l'eau. Ce sont en tout cas deux endroits où les parents jouent beaucoup et semblent le faire avec un réel plaisir. Puis-je imaginer qu'il en va autrement au cœur des maisons quand ils disposent de quelques minutes pour se mettre à quatre pattes sur le plancher et jouer aux voitures, aux blocs ou aux marionnettes avec leurs tout-petits ?

Ils désertent pourtant cet esprit *jeu* dès que leurs enfants prennent de l'indépendance en grandissant. Ils délaissent leur place de partenaires privilégiés dans ce domaine en la laissant aux frères et aux sœurs ou à des amis du même âge. Alors qu'ils l'ont exercée avec brio durant quelques années, ils désertent cette capacité naturelle de jouer et sa force imaginative est soudain balayée. Quelques années plus tard, les jeux de société représentent une seconde chance de renouer avec le jeu de leurs enfants. Pourtant bien des adultes sont démissionnaires, soit qu'ils veulent eux-mêmes se détendre autrement, soit que l'activité en elle-même n'est pas une incitation à leur propre plaisir.

Je ne parlerai guère dans ce livre des parents qui se mettent en jeu avec leurs enfants, avec ou sans jouets. J'ouvre donc une parenthèse pour dire que c'est un art dont nous possédons les prémices mais qui se cultive. J'ai souvent l'impression, en présentant un jeu à de jeunes parents, de leur faire découvrir qu'on peut dérégler, en toute légitimité, l'usage d'un jeu pour en faire une autre pyramide d'activités. Notre imagination n'est pas la même que celle des enfants. Nous avons des imaginations complémentaires. Le petit enfant nous surprend par sa manière de prendre et d'exploiter le jeu car il est *en exploration*. Nous, nous y accrochons des idées, des défis, des audaces... car nous sommes soit *en réactivation* de jeux déjà essayés, soit *en extrapolation* de ce qui est possible. Si ça rate, c'est sans conséquence puisque nous sommes dans un jeu : de toute manière, le plaisir d'avoir essayé ensemble est pris et jamais un adulte n'a été ridicule d'avoir été audacieux dans ses prouesses ludiques.

Quand j'étais enfant, nous faisions souvent, avec papa, des barrages sur les ruisseaux. Quels bons souvenirs ! Comme ceux de ma compagne qui trouva dans son père un artisan merveilleux pour construire une maison de poupée en carton, avec sonnette et lampes, et coudre des habits pour sa poupée qu'il confectionnait en agrafant simplement des pièces de tissu. Ce sont des expériences fondatrices qui ont laissé en nous une trace de temps donné : nous étions précieux. Elles sont aussi fondatrices car nous y avons appris des modèles pour notre propre parentalité et, en les pratiquant, nous avons constaté que la recette, loin d'être démodée, était toujours féconde pour nos propres enfants.

Dans une société qui nous vole le temps à tour de bras [1], redisons-nous combien ce don du jeu est essentiel. Chaque occasion de jeu témoigne d'un cadeau dont nous voulons enrichir ceux que nous avons mis au monde. Jouer est le métier même de l'enfant. Y contribuer en y apportant non des objets mais notre énergie est une manière de nous situer au cœur d'un essentiel qu'il traverse.

Mais la vie nous entraîne et, plus notre vie professionnelle est remplie, moins nous avons de temps à consacrer à cette occupation apparemment peu rentable. Nous vivons dans une société qui manque d'occasions de recul. Le recyclage des adultes dans le domaine du jeu n'est sur la partition d'aucun programme électoral. On pense qu'être père ou mère va de soi. Or nous y sommes parfois comme au désert. Nous aurions besoin d'oasis où faire halte et nous retourner sur les pauvretés ludiques de ce métier de parent.

Notre pauvreté dans ce domaine reste cependant une question ignorée. Être adulte, c'est devoir se débrouiller avec le bagage qu'on a ou qu'on n'a pas. Aucune école n'existe car chacun croit qu'il suffit d'avoir du bon sens et quelque fibre parentale pour s'en sortir.

Je rends donc hommage aux centres sociaux et aux services de petite enfance qui se préoccupent de cet apprentissage. Certains organisent des soirées pour découvrir de nouveaux jeux de société ; d'autres invitent mamans et petits enfants à vivre une matinée de jeux partagés. Quel travail cependant pour réunir d'autres personnes que les habituels convaincues !

Sans compter que, pour ne rien simplifier, le développement de notre société nous fait de fichus cadeaux. Il nous balance des innovations techniques qui ne cessent de couper la relation : des jeux vidéos, défendables sur certains points de vue, lamentables sur bien d'autres. Une télévision

1. Lire *Momo*, de Michaël Ende.

omniprésente qui a changé en 30 ans le paysage de nos soirées et de notre disponibilité. Une surenchère dans les possibles qui nous coupe de la simplicité alors que, lorsque nous la promouvons en nous y investissant, elle est infiniment féconde et touche en profondeur nos enfants.

À cet égard, je ne fus pas un père meilleur qu'un autre. Aujourd'hui, avec 20 ans de recul, si je pouvais revivre cette expérience de paternité, je la revivrais en y attachant bien plus de jeux, bien plus d'imagination et bien plus d'intensité ; à moins que cette prise de conscience ne vienne qu'avec l'âge et qu'elle ne trouve sa maturité que dans les actes des grands-parents que nous serons.

Nos enfants ont droit au jeu, mais ne confondons pas jouets et jeu. Un jouet n'est jamais qu'un objet. Il devient jeu quand il est source de relation pour l'enfant avec lui-même, pour l'enfant avec ses pairs... mais aussi pour l'enfant avec l'adulte. Ce sont trois rapports complémentaires dont chacun tire profit pour sa propre croissance, adultes y compris.

Le jeu est un cadeau à portée de main. Encore faut-il le prendre et lui donner de la place...

Il est alors comme une graine qui produit des fruits en abondance et dont la saveur sera à jamais recherchée.

Me voici donc grand-père !

Dans l'atelier, je finis de poncer les blocs en bois que je vais vous donner, mes petits enfants.

Alors que les rayons de mon magasin sont remplis des plus beaux jouets du monde, j'ose croire que c'est dans ces simples cubes de hêtre et dans mon travail d'artisan que se fait la meilleure promesse de votre éveil et de nos jeux en commun.

Le jour de vos anniversaires, nous empilons ensemble, nous faisons rouler les cylindres, nous rendons le bois vivant en imitant des chats et des autos.

Les jeux les plus simples ne vieillissent pas.

Ils se transforment au gré de nos fantaisies et sont assez larges pour qu'on y joue ensemble.

Puissiez-vous ne jamais trop recevoir car il y a aujourd'hui une abondance sans mesure dans les chambres d'enfants. Juste ce qu'il faut pour vous stimuler, pas trop pour ne pas vous étouffer.

Les grands-parents sont les grands pourvoyeurs de jouets. Au nom de l'amour.

Mais l'amour veut-il que nous surchargions ?

Que je puisse être un grand-père tendre sans devoir vous le prouver par la surabondance des cadeaux.

Ne confondez pas

Nous faisons parfois tourner le monde autour de la pesanteur de nos habitudes ou de ce que nous pensons.

Quelle est notre bonne foi quand nous disons *ne pas aimer jouer* ?

En quoi serions-nous prisonniers d'une telle parole ?

Prendre conscience qu'il existe une différence entre

ne pas aimer jouer

et ***ne pas aimer un jeu***.

Ce n'est pas parce que nous n'aimons ni le *Scrabble*, ni *Taboo*, ni *Monopoly*, ni *La Bonne paye*, ni *Hôtel*, ni *Trivial Poursuit*, ni *les échecs*, ni *les dames*, ni *Pictionnary*, ni *Risk*, ni *20 Questions pour un Champion*... que nous n'aimons pas jouer.

Et la liste pourrait être plus longue.

Je peux croire qu'une personne n'aime aucun de ces jeux mais peut-on en déduire pour autant que cette personne n'aime aucun jeu ? Ces jeux ne sont, en effet, pas représentatifs de tous les registres ludiques qui existent. Il en existe bien d'autres – des centaines ! – qui fonctionnent sur des mécanismes totalement différents dont certains pourraient lui plaire.

Quelqu'un n'aime vraiment pas jouer s'il n'aime pas se mettre en relation avec d'autres personnes pour partager, selon le cas, de la curiosité, du rire, de l'humour, de l'espièglerie, des défis, de l'intelligence. En est-il ainsi pour vous ?

Il existe, bien sûr, mille manières d'être curieux, de rire, de se délier, d'être conviviaux.

Rares sont les personnes qui n'aiment ni rire, ni partager des découvertes.

Rares sont les personnes sans curiosité.

J'ai donc envie de dire : *Bonne nouvelle !*

Il existe de bonnes choses que vous ne connaissez pas encore. La diversité des jeux est si grande que des surprises vous attendent. Des terres inconnues. Des paysages fondants que vous pourriez découvrir si vous tombiez sur un bon guide.

• • •

Prendre conscience qu'il existe une différence entre
avoir décidé qu'on n'aime pas jouer
et ***ne pas aimer jouer***
mais être disponible au désir de jouer.

Certaines personnes trouvent que la première formule leur facilite la vie.

Au début, les autres leur demandaient encore si elles voulaient jouer. Aujourd'hui, ils ne le leur demandent même plus. Elles sont cataloguées. Elles ne trahissent plus de désir. Elles n'espèrent plus être séduites par un jeu.

Certaines autres personnes disent aussi qu'elles n'aiment pas jouer. Elles le savent sans pourtant s'en faire une raison. Chaque fois qu'elles se sont jointes à un groupe, elles sont restées sur leur faim sans s'amuser vraiment. Elles sont désolées... mais restent en manque de ce jeu qui n'est pas encore venu et qui les enchanterait.

Mais qui le leur montrera ?

Chez celles-là, le désir n'est pas éteint. Il est toujours promesse.

Elles ont raison de ne pas se joindre au groupe qui joue à *Monopoly* ou à *Trivial Poursuit*. À quoi bon s'ennuyer ? Elles seraient pourtant preneuses d'autre chose qui leur permettrait de s'intégrer dans la bonne humeur d'un groupe qui joue.

Ces personnes-là devraient simplement transformer leur désir en recherche. Il existe des lieux d'une grande douceur où des personnes savent écouter ce qu'aiment d'autres personnes et leur proposer un enchantement.

En jeu, comme ailleurs, il faut être capable de donner sa confiance et trouver celui ou celle qui, avec beaucoup de respect, proposera des chemins neufs.

• • •

Prendre conscience qu'il existe une différence entre

ne pas aimer jouer

et ***ne pas être disponible pour un jeu***.

Il m'arrive régulièrement de ne pas vouloir participer à un jeu. J'ai aussi plein d'autres choses à faire et, dans mes loisirs, j'aime tout autant lire, couper du bois, écouter de la musique.

Notre temps est précieux. Autant le consacrer aux meilleures choses ! Mais le meilleur, c'est parfois être tous ensemble autour de la table et partager un temps communautaire durant lequel nos liens seront le bluff ou la magie, la séduction ou l'alliance, le défi ou la rapidité.

Quand un de mes adolescents me demande si je veux jouer, ma réponse intuitive est parfois *non*. Si je lui réponds pourtant *oui*, c'est pour avoir préalablement répondu à cette autre question : *Ma soirée sera-t-elle plus belle d'avoir été ou non en relation avec mon enfant ?*

Il n'est dès lors pas inutile de clarifier les conditions d'une vraie disponibilité.

Celle-ci suppose naturellement que si nous jouons, ce ne sera pas seulement pour lui faire plaisir... mais tout autant pour notre propre plaisir.

Dans bien des situations, à cause de la vie stressée que nous menons et du manque de temps personnel qu'elle engendre, nous aurions envie de répondre : *Ce soir, je préfère lire ou regarder la télévision.*

Qu'est-ce qui, dès lors, va donc nous permettre de rester honnête face à cette demande ?

J'ai relevé trois questions qui pourraient nous aider à avancer. Y répondre, c'est progresser sur le chemin d'une vraie rencontre.

1. Suis-je disponible à tous les jeux qu'un enfant me propose ?

Certains, je ne les aime vraiment pas. Il faut qu'il le sache. Qu'il sache que ce n'est pas jouer avec lui que je refuse... mais jouer à ce jeu-là, en particulier. Convenons donc, une fois pour toutes, de jouer à des jeux que nous aimons tous les deux.

Nous avons besoin de nous rencontrer sur des bases communes.

Personnellement, je n'aime jouer ni à *Monopoly*[1], ni aux *Échecs*[1], ni à *Trivial Poursuit*. Ce ne sont pas des bases communes entre mes enfants et moi. En revanche, nous nous accordons bien pour une partie de *carrom*[2] ou de *Catane*[3].

Suis-je cependant disponible aux jeux que j'aime et que justement l'un d'eux me propose ?

Dans un tel cas, je peux apprendre à clarifier ma disponibilité :

2. Suis-je disponible tout de suite ou serais-je disponible plus tard ?

Entendons bien la différence entre les deux réponses :

— *Non, je n'ai pas envie.*

— *Non, je n'ai pas envie maintenant.*

Dans la seconde, je pourrais préciser le moment où cela me conviendrait.

Également :

3. Suis-je disponible pour un petit temps ou pour un long moment ?

Être capable de clarifier cette durée et l'exprimer, me donne de la liberté et me permet de répondre positivement à celui qui m'invite.

---

1. Sur des registres semblables, j'accepterais une partie de *Colons de Catane* à la place d'un *Monopoly* ou une partie de *Dvonn* à la place d'une partie d'*échecs*. Voir les commentaires en troisième partie.

2. Un *carrom* est un billard indien, c'est-à-dire un plateau de 80x80 cm sur lequel les joueurs font glisser des pions et tentent de les placer dans les orifices situés aux quatre coins. À partir de 8 ans. 2 à 4 joueurs (Durée : 20 minutes).

3. Éd. Kosmos. Un chapitre de la troisième partie est consacré à ce jeu. 3 à 4 joueurs (Durée : 1h30).

Il est possible que j'accepte de m'engager pour 15 ou 30 minutes alors que je dirais certainement *non* pour toute une soirée.

J'ai le droit d'exprimer ce qui me convient. Mieux vaut une réponse qui marque mon accord *pour un jeu rapide* plutôt qu'une réponse qui déclare n'avoir aucun temps pour la rencontre.

Ce type de réponse est d'autant plus facile qu'il existe des jeux de durées très diverses. C'est une chance. Y faisons-nous attention lorsque nous achetons un jeu pour quelqu'un de proche qui risque de nous choisir comme partenaire privilégié ?

Soignons nos achats en variant les jeux selon leur durée, leur registre et le nombre de joueurs nécessaires. Chacun de ces facteurs permet de mieux s'adapter aux situations qui se présentent.

Demandons conseil car les renseignements indiqués sur les boîtes exagèrent généralement les conditions optimales d'un jeu. Si les durées annoncées sont généralement justes, il existe un nombre idéal de joueurs pour chaque jeu. Celui-ci est rarement bien renseigné sur la boîte, pas plus que l'âge auquel on y joue avec maturité ou finesse.

Certains pensent faire une économie en choisissant des jeux pour 2 à 6 joueurs. Or il est plutôt rare qu'un bon jeu à deux le soit aussi à quatre. À titre d'exemple, une partie de *Lièvre et Tortue*[1] sera brillante à 4, 5 ou 6 joueurs... et quasi sans intérêt à 2 ou 3 joueurs. C'est de plus un excellent jeu d'adultes, ce qui va à l'encontre de l'idée qu'on s'en fait en lisant l'inscription *à partir de 8 ans*.

Rares sont les jeux qui excellent sur toute l'échelle des nombres. C'est pourtant le cas de *Carcassonne*[2], de *Cartagena*[3], de *Carolus Magnus*[3] et de *Jenga*[4].

Il existe des jeux pour tous les nombres de joueurs (de 2 à 24). Cette variété est une chance.

De la même manière, il existe des jeux pour toutes les humeurs. Des jeux calmes, des jeux silencieux, des jeux pour éclater de rire, des jeux débordants de vie, des jeux à faire trembler son cœur. Vous en découvrirez certains dans la troisième partie de ce livre. Cette diversité est une chance car chaque jour est unique et, pour bien choisir, il faut avoir du choix.

Désormais, quand quelqu'un nous invitera à jouer, que répondrons-nous ?

1. Actuellement Éd. Abacus sous le nom de *Hase und Igel* (Durée : 60 minutes).

2. Éd. Schmidt 2 à 5 joueurs (Durée : 35 minutes).

3. Éd. Vénice Connection ou Tilsit – *Cartagena* : 2 à 5 joueurs (Durée 30 à 60 minutes). *Carolus Magnus* : 2 à 4 joueurs (Durée : 35 à 75 minutes).

4. Éd. Hasbro. À partir de 8 ans. 2 à 12 joueurs (Durée : 10 minutes).

Deuxième partie

Des rendez-vous à saisir

Si les jeux de société sont souvent des lieux d'expérimentation pour les enfants et les adolescents avec qui nous jouons, ils sont pour nous-mêmes le creuset d'autres manières de vivre. Certains nous entraînent dans une aventure commune dont nous sortons souvent gagnants si nous leur permettons de déployer la générosité qui se cache dans leurs règles ainsi que les innovations et les champs symboliques qu'ils permettent.

En cela, chaque jeu joué est une chance. Chaque jeu joué est une occasion de profondeur.

Nous n'avons pourtant pas à nous soucier de leur apport car c'est leur grâce d'être levain dès qu'il y a jeu. Je veux dire par là que si nous pouvons bien en comprendre l'intérêt et les enjeux en lisant un texte ou une réflexion à leur sujet, de toute manière *jouer à de bons jeux*, c'est activer des mécanismes transformateurs.

À nous d'y surajouter notre bon sens et ne pas laisser passer les occasions de mettre des mots sur les incidents et les réalités humaines qu'ils nous permettent de traverser. Être homme, c'est, entre autres, cette capacité que nous pouvons avoir de nous retourner sur certains événements, de les reconnaître, de les nommer et, en cela, de leur donner du poids ou les appuis qu'ils méritent.

Soyons enfin persuadés que si nos enfants font des expériences irremplaçables en les jouant, nous-mêmes, dans les recherches de sens que nous menons, nous en sommes les premiers bénéficiaires.

La loi des jeux : une école pour la vie

— *Il n'est pas question que tu rentres après minuit !*

— *Qui s'est servi dans le frigo sans demander ?*

— *J'ai dit que tu devais ranger ta chambre avant de partir au cinéma !*

Grandir avec des enfants et des jeunes, c'est notamment leur apprendre à se situer par rapport à des règles et à des lois. Nous savons que ce n'est pas toujours facile, notamment parce que, à défaut d'en avoir une autre vue, une loi leur semble souvent restrictive.

Bien des lois s'apprennent par frottement avec la vie et ce sont souvent des situations de conflits à vif qui les affirment. Ce sont des moments inévitables pour les apprendre... mais ce ne sont pas toujours les meilleurs moments.

Dans cette perspective, les jeux sont une école précieuse car la rencontre de leurs lois n'est pas si abrupte et se fait dans un cadre où l'adulte accompagne tout en étant lui-même soumis à ces lois.

• • •

Le jeu de société diffère des autres jeux car il nécessite des repères clairs. Il n'est praticable que si les joueurs acceptent une série de règles qui l'organisent et s'accordent pour les respecter. On comprend que si chacun interprétait ces règles à sa manière, le jeu serait impossible.

Le jeu prévoit notamment deux moments très précis : celui du début de la partie et celui de sa fin, même si cette dernière intervient parfois de manière soudaine.

Ainsi le jeu est une respiration entre un *avant* et un *après*.

Je dirais volontiers que le jeu de société est comme un carnaval. Entre son signal de départ et l'instant où il finit, on y joue d'autres rôles tout en gardant le sien. On peut y déroger aux lois et convenances habituelles de la vie. Ainsi on peut, selon le cas, voler, attaquer, mentir, trahir, promettre, laisser tomber... On est soudain roi puissant, architecte doté de moyens étonnants, voleur de grand chemin, astronaute sans licence, magicien des retournements, etc. Mais dès que la fin du jeu est signalée, chacun doit réintégrer le registre normal des règles et des lois de sa vie, ainsi que sa place réelle dans la société. Il ne peut en aucun cas continuer à vivre sur le registre du jeu et, théoriquement, ce qu'il a fait durant le jeu est sans conséquence.

De la même manière que le carnaval permet d'épouser des registres neufs, parfois détachés de la raison, le jeu de société offre cette chance aux joueurs d'essayer des lois, des ruses et des risques dont les conséquences pourraient être dramatiques si elles se passaient dans la vie réelle.

Le jeu de société est donc à la fois préventif et structurant. Il est préventif en ce sens qu'on peut tenter certaines actions, adopter certaines attitudes, jouer *en dépit du bon sens* sans en payer réellement les pots cassés : les seules sanctions seront, selon le cas, une ruine sans conséquence, un avertissement ou une exclusion (limitée au jeu) ou encore une étiquette de joueur malchanceux ou inconscient. Il est structurant car il permet au joueur de s'ajuster aux lois d'un groupe en lui rappelant que c'est cette adhésion qui permet le bon fonctionnement de la vie communautaire.

Tenter de tricher dans un jeu, par exemple, suscitera une irritation dont la portée et les conséquences ne sont pas les mêmes que si cette tricherie avait eu lieu dans la vie. En ramassant remarques, critiques et sanctions, le joueur découvre qu'il ferait bien de ne pas s'y prendre de cette manière-là dans la vie réelle. Il est ramené au garde-fou de la loi ou, autrement dit, à la loi de la convivialité. Les autres joueurs se souviendront vraisemblablement, dans la vie réelle, qu'il a triché ou qu'il est un tricheur, mais deux remarques s'imposent :

1. Les adultes devraient clore le chapitre de cette tricherie avec la fin du jeu ou d'une discussion subséquente et se réjouir en secret qu'une telle attitude se soit passée dans un espace où elle est possible même si elle n'est pas admise.

2. De toute manière, la tricherie dans un jeu est incomparable à la tricherie dans des événements réels car les conséquences de l'une s'arrêtent avec la fin de la partie tandis que les conséquences de la seconde ne seront closes que par des médiations ou des sanctions décidées par des tiers. Dans le premier cas, à juste titre, un joueur pourrait s'écrier : *C'était un jeu, ce n'était qu'un jeu, je ne le ferai plus !*

Le jeu nous apprend aussi – et c'est si rare qu'on le remarque à peine – que les lois sont une chance. Si elles défendent un certain nombre de pratiques, elles permettent, en revanche, bien des audaces qu'elles n'interdisent pas. Certains joueurs comprennent très bien cela et utilisent à plein rendement la légalité des actions que rendent possibles les lois soit parce qu'elles les permettent, soit parce qu'elles ne les prévoient pas. Leur victoire, si maligne soit-elle, ne peut être contestée : elle est en quelque sorte protégée par la loi du jeu car de quel autre droit pourrait-on leur reprocher d'avoir gagné grâce aux ruses, règles et moyens qui ne l'enfreignent pas ?

Dans un jeu comme les *Colons de Catane* [1], personne ne peut reprocher à un adversaire d'atteindre des objectifs en séduisant, promettant ou prenant de vitesse un autre joueur dans les échanges. La règle indique juste le moment exact de la négociation (à partir de quand elle est praticable et jusqu'à quel moment ?), ainsi qu'une disposition minimale à savoir qu'il n'est pas permis de donner sans contrepartie. Outre ce cadre, les joueurs font ce qu'ils veulent : montrer leur jeu, donner trois cartes contre une seule, parler plus fort qu'un autre, etc. On observe dès lors des stratégies fondées sur des attitudes très différentes, les unes plus rentables que les autres. Les perdants dans cette affaire ne peuvent rien reprocher aux premiers mais simplement constater qu'ils auraient pu légalement faire de même pour arriver à leurs fins.

Nous pourrions parfois souligner cet aspect et, par là même, porter un regard positif dont nous savons l'habituelle fécondité. Comme adultes, dans nos relations avec les enfants et les adolescents, leur disons-nous parfois qu'ils ont brillamment gagné en se servant des règles de manière intelligente ? Nos enfants découvriraient peut-être ainsi qu'une règle (entendez une loi) peut être une porte ouverte plutôt qu'une porte fermée. Dans nos maisons, la rengaine aurait soudain changé : les *tu-ne-peux-pas* seraient devenus des *tu-pouvais-vraiment* !

On entendrait, dès lors, dans l'exemple déjà cité des *Colons de Catane* : *Nicolas, tu te sers brillamment des règles et tu négocies avec finesse pour obtenir les cartes qui te manquent !*

J'ai eu l'occasion de travailler avec un groupe de jeunes adultes qui avaient vécu diverses expériences de délinquance, de drogue et de prison. Avec certains, les premières parties de jeux de société furent extrêmement pénibles

1. Un chapitre complet est consacré à ce jeu.

car le non-respect des lois (jouer quand c'est son tour, se limiter à une action) irritait les autres joueurs et cassait sans cesse la convivialité du moment partagé.

Certains jeunes progressèrent cependant très vite car ils découvrirent simultanément deux choses essentielles : d'une part, leur immense plaisir de jouer à de tels jeux (j'avais choisi avec attention ce qui me semblait leur convenir particulièrement) et, d'autre part, leur appréhension à la possibilité d'en être désormais privés. Autrement dit, pour avoir droit à de tels jeux, ils acceptèrent rapidement certains compromis de comportement, à savoir ceux que la règle prévoyait pour jouer.

Quand nous proposons de très bons jeux, nous pouvons remarquer que le plaisir *fait passer la loi.* Dans l'excellent jeu *Les Loups-garous de Thiercelieux* [1], les joueurs acceptent de fermer les yeux car ils savent que le mystère et donc le plaisir sont au prix de cette loi. En ne la respectant pas, ils cassent le plaisir du groupe – ce que certains peuvent rechercher – mais surtout leur propre plaisir (ce à quoi ils sont davantage attentifs).

Si quelqu'un entre dans de bons jeux, il cherche immanquablement à les retrouver. Leur qualité est une école qui rassemble. Leurs lois ne provoquent pas la fuite car l'objet de ces lois est, au contraire, un signe de ralliement et une source de plaisir.

• • •

Pour en revenir à nos injonctions dans la vie réelle, nous pourrions donc nous interroger sur ce que permettent des lois qui régulent les heures de rentrée tardive, le respect du

1. Un chapitre complet est consacré à ce jeu.

patrimoine alimentaire dans le frigo ou encore l'ordre requis dans une chambre à coucher. Formulées autrement, elles pourraient être :

— *Si tu penses que minuit n'est pas une heure qui te convient, j'aimerais que nous en discutions.* Ou encore : *Tu as toute liberté de choisir ton heure de rentrée entre 22 et 24 heures !* Ou encore : *J'ai besoin d'être sans inquiétude pour dormir : voyons comment, lorsque tu n'es pas rentré, je pourrais disposer de cette paix ?*

— *Si tu as faim entre les repas, voyons ce qui est possible.* Ou encore : *Nous pourrions prévoir un coin dans le frigo pour ce qui peut être mangé entre les repas.* Ou encore : *J'aime disposer des aliments qui me permettent de cuisiner les plats que vous aimez...*

— *J'ai besoin d'un certain ordre dans ma maison pour survivre et être disponible.* Ou encore : *Comment pourrais-je passer l'aspirateur dans ta chambre sans devoir tout ramasser par terre ?* Ou encore : *Préfères-tu un père disponible pour jouer ou parler avec toi... ou un père qui doit passer son temps à courir derrière ton désordre ?*

Dans de tels cas, les lois restent les exigences qu'on affirme... mais entre ce qui est nécessaire et ce qui sera, il existe une marge de manœuvre qui permet plus facilement leur acceptation. Ré-exprimées, elles mettent aussi l'accent sur le bien-être ou le plaisir qu'on y gagne chacun. De cette manière-là, elles se mettent en orbite sur la convivialité et non plus sur une logique de contraires dans laquelle chacun tire la couverture de son côté.

Le héron et la pépite

Le héron refusa l'invitation : *Je n'ai pas le temps ! J'ai du travail ! Je dois pêcher !*
Les autres s'installèrent donc à table et distribuèrent cartes et faux billets.
Le jeu commença. L'ours, le lièvre et la grenouille étaient particulièrement en forme.
Les rires fusèrent.
Certains s'enrichirent, d'autres furent ruinés.
La partie touchait à sa fin quand le héron revint de la rivière : or il ne tenait pas dans son bec un poisson mais une pépite d'or.

La Vie se moqua aussitôt de la Règle de Jeu :
— *Avec toi, les joueurs ne sont riches que le temps du jeu tandis que le héron, qui est resté dans la vraie vie, a gagné pour du vrai une pépite d'or.*

La Règle répliqua à la Vie :
— *En suivant les lois que tu imposes, le héron s'en ira toujours pêcher.*
Aujourd'hui, en trouvant la pépite, c'est vrai, il a eu de la chance.
Mes joueurs cependant, en pêchant dans mes règles, découvrent combien c'est bon d'être ensemble et de faire des alliances. Ça peut toujours leur servir !
Ils découvrent aussi ce que ça leur rapporte de tricher, d'oser, de trahir. Ils apprennent à perdre et à gagner. Bien sûr, ce n'est pas pour du vrai mais je vais te dire un secret : « Quand je te les rends, ils sont tout différents et ça vaut bien plus qu'une pépite d'or ! ».

Mes nouveaux habits

À mon réveil,
lorsque je veux mettre mes nouveaux habits,
si ma tête passe bien dans l'encolure,
mes bras et mes jambes sont arrêtés par des coutures mal placées : le tailleur a cousu les extrémités des manches et du pantalon !

Je me rends chez lui et l'interpelle :
— *Quelle mouche vous a piqué ?*
Il me répond :
— *Vous ne vous servez que de votre tête. Auriez-vous besoin d'autres sorties ?*

Mon tailleur a raison.
Mes mains servent si peu : juste à prendre, à saisir, à garder.
Mes pieds servent si peu : juste à l'utile, au va-et-vient.
Mais ce sont mes habits et je m'en sers comme je l'entends !
J'entreprends donc de découdre les orifices.

En vain ! Le salaud les a cousus avec un fil si solide que je suis obligé de négocier avec lui !

Je reviens donc chez mon tailleur.
Il me dit :
— *Ah ! vous voilà ! Je suis sûr que vous voulez emprunter mes ciseaux !*
Je le regarde furieux.

Il poursuit :
— *Pour tout vous avouer, j'avais aussi cousu l'encolure de votre chemise... mais vous ne l'avez même pas remarqué ! Car si vous mettiez autant d'énergie dans vos pieds et vos mains que dans votre tête, vous auriez enfilé vos habits sans rencontrer la moindre résistance.*

La grâce des jeux, c'est de nous faire vivre et inventer la vie avec l'entièreté de notre corps et de notre humanité.

En Inde

Nous étions dans le sud de l'Inde. La nuit était tombée et, dans cette auberge de jeunesse, au milieu de la forêt, nous nous étions installés avec nos enfants autour d'une table pour jouer un jeu de société basé sur des enchères. Ce jeu s'appelle *Last Chance* [1] et son matériel est abondamment fourni en faux billets de 1 à 50 dollars.

Le directeur de l'auberge nous avait remarqués et nous demanda la permission de jouer avec nous. Il y tenait vraiment, au point de nous dire que s'il pouvait jouer, nous ne devrions même pas payer notre nuitée.

Ce très bon jeu – qui malheureusement n'est plus édité – active chez ceux qui le jouent, une bonne humeur incroyable. Son mécanisme délie toute retenue et provoque chez les joueurs une fièvre par laquelle ils se laissent envahir puisque, de toute manière, pour leur ruine ou leur fortune, ils savent que ce n'est jamais qu'un jeu.

C'est à cet endroit précis qu'il y eut un glissement. Le directeur de l'auberge avait très bien compris le fonctionnement du jeu. Mais là où ce ne devait être qu'un jeu, il fit une

1. Édition Ravensburger, 4 à 5 joueurs. Épuisé.

confusion avec la réalité. Non qu'il pensât que les billets étaient devenus vrais... mais que son honneur aurait été perdu s'il ne gagnait pas la partie.

Était-il resté un enfant ?

Mais les enfants, quitte à mal le vivre, savent très bien que perdre est une éventualité fréquente dans un jeu.

Était-il un adulte ?

Mais les adultes sont censés faire la différence entre la réalité qui les engage et le lever de rideau sur une partie de jeu.

Nous aurions d'ailleurs dû nous douter de la confusion qu'il entretenait entre sa part ludique et ses rêves de puissance. N'avait-il pas monnayé sa participation en parlant de la probable gratuité de notre nuitée ?

Le jeu est toujours perdant quand son accès n'est pas gratuit. En le monnayant ou en le rendant payant comme cela commence à se pratiquer dans les « cafés jeux » – une pratique neuve qui facilite de manière incontestable l'accès à sa règle et permet à des inconnus de jouer ensemble –, nous lui faisons perdre une part de son esprit de liberté parce que nous le soumettons inconsciemment aux lois de la rentabilité : Combien de jeux pourrai-je jouer ? Que vaut une explication ? Comment celui qui tient le café pourra assez produire pour vivre ?

Si un homme veut mériter le beau mot d'homme, il doit pendre des risques quand, autour de lui, la machine sociale déraille.

Costa Gravas

Si un homme veut mériter le beau mot d'homme, il doit promouvoir de toutes les manières qui peuvent être les siennes des changements d'attitudes.

C'est bien ce que nous faisons quand, dans ce métier de jeu qui est le nôtre, comme parents ou animateurs, nous choisissons des jeux dont les règles et le mécanisme suscitent l'imagination, la résistance, la négociation et la possibilité d'essayer d'autres lois.

Tri de Tricheurs

Le héron profite de son long cou pour voir dans le jeu de ses voisins.

La cigogne pose avec ruse son bec près de la réserve d'argent.

— *Vous trichez !* crie le hibou qui n'a pas les yeux en poche.

Lorsque les compères se retrouvent le jeudi d'après pour une autre partie de jeu, le hibou enjoint aux uns d'aller dans le local de droite et aux autres dans le local de gauche. Sur la porte de l'un, il est marqué *CIEL* et sur la porte de l'autre *ENFER*. Certains s'étonnent.

— *C'est pour faire le tri*, déclare le hibou.

Le *tri* des tricheurs.

Dans le premier local où ont été admis certains joueurs, on se fabrique le paradis en prenant réellement du plaisir à jouer ensemble.

Dans l'autre local, on subit l'enfer de ceux qui trichent et de ceux qui gagnent à n'importe quel prix !

Tu triches !

— *Tu triches !*

Mon sang ne fait qu'un tour. Sarah, mon enfant de quatre ans, triche. Elle regarde sous les cartes quand je lui tourne le dos. Mais je l'ai surprise...

Nous connaissons tous cette situation... et nous y réagissons de manières tellement différentes :

Certains crient ;
d'autres se taisent ;
d'autres encore se modèrent.

Certains sont fâchés ;
d'autres sont déçus ;
d'autres relativisent.

Certains accusent ;
d'autres interrogent ;
d'autres diffèrent.

Certains disent : *tu ne peux pas ;*
d'autres disent : *je suis triste ;*
d'autres encore n'ont pas de mots.

Que de registres !

Quelle palette de sentiments possibles !

Quand nous sommes bousculés par ces incontournables incidents de l'enfance, quelle est notre réaction immédiate et quelle serait celle que nous aurions si nous pouvions réfléchir avant de parler ?

Chacun pourrait tenter de formuler ses réponses. Ce ne sont vraisemblablement pas les mêmes, selon que nous réagissons par impulsion ou avec un brin de recul.

Nous reconnaissons-nous dans certaines de ces phrases et lesquelles ?

— *Tu ne peux pas !*

— *Je ne joue plus avec toi.*

— *Si tu triches encore, nous arrêtons le jeu.*

— *Tu ne respectes pas la règle si tu regardes sous les cartes.*

— *Tu me fais perdre mon plaisir de jouer.*

— *Je suis surpris quand tu triches.*

— *Je suis triste quand tu triches.*

— *Tu avais envie de savoir ce qu'il y avait sous la carte ?*

— Ne rien dire, mais tricher à son tour [1].

Voyons-nous les « distances » qui existent entre de telles réponses ? Pouvez-vous en imaginer d'autres ? Certaines vous semblent-elles meilleures à vos yeux et pourquoi ? Expriment-elles mieux la relation éducative que vous voulez vivre avec votre enfant ?

Certaines réactions ne parlent que de l'autre, de celui qui est fautif.

1. À réserver à ceux qui ont de l'humour. Que fera notre enfant devant cette attitude ?

Certaines réactions sont comme des jugements.

Certaines réactions parlent de mes sentiments sans juger l'autre.

Certaines réactions parlent de nous.

Certaines réactions font référence à une loi qui n'est pas respectée.

Certaines réactions jouent sur le registre du plaisir qui est rompu.

Quelles sont les réactions qui laissent des portes ouvertes. Pourquoi ?

Quelles sont les portes ouvertes que peut comprendre un enfant de quatre ans ?

Nous pourrions nous mettre en scène dans une situation semblable avec un enfant plus âgé. Aurions-nous les mêmes mots ? Et si cet enfant recommence malgré tout ? Mes réponses seraient-elles les mêmes avec un adolescent ? Avec un adulte ?

Se poser les situations à l'avance, c'est se préparer à des scènes courantes et c'est induire de manière efficace notre manière de nous y comporter comme adulte.

Dans les années 80, notre famille participa deux fois à une semaine de vacances centrée sur la résolution des conflits. Les formateurs nous faisaient beaucoup jouer. Nous avions ainsi l'occasion de nous glisser, par le biais de jeux de rôles, dans des simulations de conflits avec nos enfants : *il ne veut pas aller au lit ; elle ne cesse d'ennuyer son frère ; il a volé ; elle déchire une page pour me provoquer.* Nous avions surtout le droit d'être naturels. Nous savions que nous n'étions pas jugés. Nous avions même tendance à rire de nos pratiques en les regardant. Nous constations que d'autres adultes s'y prenaient autrement. Nous trouvions parfois intéressante l'une ou l'autre manière de gérer le conflit...

Dans les situations extrêmes, mon propre père me donnait une gifle. Je me rappelle de situations précises où, sans crier gare, je recevais ce genre de punition : chaque fois, par exemple, que j'osais être insolent avec maman. Je devais toucher là un domaine qui piquait mon père à vif et sa réaction était toujours impulsive.

Nous sommes en partie héritiers des modèles de notre enfance. Je fus donc aussi, durant mes premières années, un père qui résolvait certains conflits par une fessée. J'appris pourtant, durant ces semaines en Suisse [1], qu'il était possible de gérer mon énervement ou ma désapprobation par d'autres moyens que ceux d'une réplique physique. Pour m'être regardé dans l'espace symbolique d'un jeu et pour avoir été témoin du fonctionnement d'autres adultes, j'ai découvert que d'autres chemins étaient possibles. J'ai pris conscience qu'au moment même du conflit ou de la transgression, il existe des moyens efficaces pour entrer en dialogue et gérer la violence qui se lève en moi.

Au début, si ma main se levait encore, le temps qu'elle se lève, un signal, né du travail de toutes ces formations, résonnait dans ma tête : *Tu peux, si tu le veux, aborder ce conflit autrement !*

C'est un signal très efficace. Il calme aussitôt le jeu et me fait parcourir à toute vitesse les possibilités d'entrer autrement en relation avec celui qui m'agresse.

Aujourd'hui, ma main ne se lève même plus dans de telles occasions. Tout ce que la vie m'a appris se presse au portillon de ma conscience et me dit : *Avale deux fois ta salive avant de dire quelque chose.*

Bien plus, j'ai mal en moi-même chaque fois que je suis témoin d'un enfant qu'on menace de gifles ou de sanctions physiques. Je crois que chaque père, chaque mère est capa-

1. Centre Le Louverain, case postale 13, CH 2206 - Les Geneveys-sur-Coffrane. Site web : www.louverain.ch

ble d'imagination et surtout de recul pour faire entendre autrement son désaccord. Ce n'est pas une attitude innée, sauf pour ceux qui en ont fait l'expérience positive dans leur propre éducation. Pour les autres, il n'y a malheureusement guère d'écoles naturelles pour ce genre d'apprentissage [1]. Nos enfants ont pourtant bon dos dans cette prise de conscience : en parlant d'eux, nous parlons à mi-mots de nous-mêmes. Mais cela demande beaucoup de confiance, beaucoup de dévoilement... et l'assurance de ne se sentir ni piégés, ni jugés.

Les pouvoirs politiques et les équipes pédagogiques qui se soucient de cette non-violence particulière, sont engagés dans un réel changement de la vie quotidienne. Ils nous font passer d'un homo impulsif à un homo réfléchi... et nos vies de familles ont tout à y gagner. Cela ne concerne pas que le domaine du jeu et des tricheries dont nous parlions ; mais bien de tous les domaines de la vie quotidienne (manger, aller dormir, regarder la télé, obtenir des permissions) dans lesquels nous nous confrontons continuellement. Chaque occasion de tension, même si nous pensons qu'elle est usante, peut être regardée autrement et devenir une occasion passionnante à ne pas manquer dans notre agenda du bien-être, de la vie, de la convivialité et de la qualité dont nous rêvons.

---

1. Formations à la Non-Violence. En Belgique : Université de la Paix, 4, bd du Nord - 5000 Namur.

Les jeux coopératifs

Les jeux de société se terminent généralement par la victoire d'un joueur. Les autres sont aussitôt déclarés *perdants* et minimisent éventuellement cet échec en se situant sur une échelle : deuxième, troisième, quatrième... Pour certains, c'est une manière de ne se déclarer ni perdant, ni dernier.

Pour la plupart des enfants mais aussi pour de nombreux adultes, perdre est, en effet, une expérience douloureuse alors que nous pourrions apprendre à la normaliser, découvrir qu'elle fait intrinsèquement partie de l'expérience humaine et que le monde ne s'écroule pas quand nous la traversons.

Il peut dès lors être utile de faire un détour par les jeux coopératifs. Les joueurs y font l'expérience de gagner ou de perdre tous ensemble. Cette solidarité dans la victoire ou l'échec change réellement la perception du jeu en mettant l'accent non sur le dénouement mais sur ce qu'on a vécu ensemble.

Pour mieux en parler, il me semble important de resituer ces jeux dans un contexte plus global.

Les jeux coopératifs s'inscrivent, en principe, dans une recherche de la convivialité. Ce n'est donc pas pour rien qu'ils sont nés des mouvements non violents dans les années 70 et que de nombreux parents et travailleurs sociaux les privilégient aujourd'hui. La plupart des jeux sont physiques même si ce sont plutôt les jeux de plateaux qui sont connus aujourd'hui. C'est un éditeur allemand de Freiburg qui eut la bonne idée de produire les premiers, en ne cachant pas son objectif : *faisons jouer enfants et adultes à des jeux dont le fonctionnement repose sur l'écoute et la confiance... et nous ferons passer les valeurs dans lesquelles nous croyons.*

Un jeu convivial, c'est un jeu qui est joué pour avoir du plaisir ensemble. Cette recherche de plaisir communautaire prime sur le fait de gagner ou de perdre. Nous jouons pour nous donner du bonheur et non pour nous écraser les uns les autres.

Ce n'est pourtant pas une perspective gagnée d'avance, spécialement dans une société de type concurrentielle où tout pousse les enfants et les adultes à s'affirmer comme des battants.

Pour faire une comparaison et nous relier à d'autres domaines de plaisir, nous pourrions parler des repas pris en commun ou des voyages que nous faisons avec d'autres. Dans l'histoire de ses repas, le petit enfant passe progressivement de son exigence d'être alimenté au plaisir d'être ensemble autour d'une table. Si le repas en lui-même nourrit réellement, la rencontre qu'il provoque est tout aussi nourrissante : quand elle se passe bien, elle est source de partage, de rires et de rassemblement qui sont, par leur convivialité, des nourritures à part entière. Normalement, à table, personne ne mange ni ne boit pour battre les autres en quantité. De même, dans un voyage, même si certains en veulent davantage, les compagnons de route ne se mesurent pas au nombre de visites ou de souvenirs collectés : c'est la traversée d'une expérience commune qui construit leur bonheur de voyager et les souvenirs heureux qu'ils en garderont.

Les jeux que nous jouons, pourraient se situer sur le même registre... mais le système sur lequel ils fonctionnent – créer des gagnants – les menacent sans cesse d'un retournement qui casse la convivialité : le plaisir n'est plus mesuré au plaisir de passer une heure ensemble mais bien à la sanction finale : *perdre ou gagner !*

En prenant du recul, nous devrions constater le ridicule d'une telle situation. Nous anéantissons les richesses et le bonheur d'une rencontre en la réduisant à son dénouement : la victoire des uns et l'échec des autres. Dans un tel cas, nous sortons la compétition de son rôle en lui permettant de faire la loi. Elle aurait dû se cantonner à n'être qu'un outil pour créer des situations rebondissantes : provoquer des échanges, de la négociation, de l'imagination, des stratégies... et voici qu'elle s'engage dans une impasse qui fonde toute la valeur du jeu sur son ultime moment.

C'est un basculement qui a souvent lieu quand on joue dans notre société. Il pervertit très vite le sens du jeu et, dès lors, il est bon d'accentuer la part des jeux qui remettent l'accent sur l'essentiel : jouons-nous pour prendre du bon temps ensemble ?

Les jeux coopératifs ne sont pas les seuls qui nous rappellent ce bon sens. D'autres jeux, basés sur l'écoute, la confiance, l'affirmation de soi, le regard positif et le rêve, apportent aux enfants et aux adultes une saveur qui leur fait découvrir que de nombreuses activités humaines – dont celle du jeu – existent pour se donner du plaisir et non du malheur.

Il faut donc relativiser la place des jeux coopératifs même s'ils me semblent essentiels pour ajuster les pendules et les remettre à l'heure de la convivialité. Il s'inscrivent dans une perspective plus large et ne sont féconds que s'ils sont reliés et renforcés par d'autres activités qui les confortent.

Trouver du plaisir dans un défi communautaire

Le principe fondamental d'un jeu coopératif est d'embarquer des joueurs dans un défi collectif. Quand un jeu est bien construit, leurs chances de l'emporter sont d'autant plus grandes qu'ils mettent leurs ressources en commun et s'entraident.

Intellectuellement, c'est un principe que les gens comprennent facilement. Ils disent bien percevoir l'idée... mais dès qu'on leur demande une application pratique, ils éprouvent une certaine difficulté à la concrétiser.

La plupart des jeux sont basés sur la compétition. Jusque là, rien à dire ! Le problème n'est, en effet, pas la compétition... mais l'exclusion qui lui colle souvent au mollet. Alors que le sens profond d'un jeu est d'intégrer, voilà qu'il est, dans de nombreux cas, une porte de sortie.

Lors des formations que j'anime, je demande régulièrement aux participants d'analyser ce jeu très connu qu'est *la chaise musicale.* Nous relevons donc que son bon fonctionnement repose sur l'élimination progressive de tous les joueurs jusqu'au moment où il n'en reste plus qu'un et qu'on le déclare *gagnant* ! Ce jeu procure pourtant beaucoup de plaisir (en témoignent nos souvenirs d'enfance !) et nous devons donc constater que notre plaisir se fonde parfois sur la spirale de l'élimination.

La question n'est pas de condamner une telle pratique mais de se demander s'il est possible de transformer une chaise musicale en la basant sur le principe inverse de l'élimination – l'intégration –, tout en gardant le plaisir.

La question du plaisir est capitale *car il n'y a pas de bon jeu sans plaisir.* Ne l'oublions jamais. Est-il donc possible de concevoir notre jeu sur une force centrifuge, tout en vérifiant que le plaisir reste entier ?

Faites donc l'exercice et vous constaterez que bien des idées proposées enlèvent précisément le plaisir de jouer.

L'idée généralement émise est : *donnons un rôle à ceux qui sont éliminés ; ils pourraient s'occuper de la musique, servir de chaises, remplacer les prochains perdants.* Force est pourtant de constater que ce sont de bien maigres consolations et que les joueurs exclus sont bien, d'une manière ou d'une autre, mis hors jeu.

Si l'intégration est assurément la valeur recherchée, il ne faut en aucun cas éliminer un joueur. Comme dans le jeu de base, à chaque round, l'animateur enlèvera bien une chaise mais corrigera la règle de la manière suivante : quand la musique s'arrête, tous les joueurs doivent être assis sur les chaises disponibles, pieds en l'air, quitte à être à plusieurs sur un même siège.

En pratiquant le jeu, vous découvrirez que ce type de défi procure un plaisir bien supérieur à celui d'une chaise musicale classique. Moins sont nombreuses les chaises, plus le groupe doit se serrer et faire preuve d'imagination pour placer tous les joueurs sur les sièges disponibles [1]. Ainsi, quand il n'en reste plus qu'une ou deux, les prouesses de la coopération deviennent étonnantes, stimulant par là-même l'imagination, l'écoute, l'affirmation et la confiance de chaque joueur.

• • •

1. Le jeu est encore plus palpitant si la consigne est qu'aucun pied ne peut toucher le sol. Attention, c'est un jeu à réserver à des adultes ou des adolescents si on l'applique tel quel. Joué avec de jeunes enfants, on privilégiera au maximum la sécurité en utilisant, par exemple, des feuilles de journal à la place des chaises.

Parmi les jeux coopératifs, certains sont physiques et d'autres, des jeux de plateaux. Les premiers sont développés dans les nombreuses formations sur la non-violence et par les coachers qui veulent dynamiser un groupe. Ils travaillent en profondeur sur notre fonctionnement interrela-tionnel et demandent d'être bien gérés par le formateur car, pour quelques personnes, ils peuvent toucher à des blessures profondes. En règle générale, cependant, ils sont source d'une grande joie car ils lient les joueurs par une vérité qui fait tomber les masques et par un bonheur communautaire dont les ondes sont profondes.

Plus faciles, et plus facilement présents sur le terrain familial, sont les jeux de plateaux comme *le Verger* dont nous avons parlé. Il en existe une quinzaine et, comme je l'écrivais plus haut, leur origine se trouve dans l'intuition d'une firme allemande, les Éditions Herder, qui pensa à juste titre que des jeux basés sur la coopération seraient une manière efficace de faire passer des valeurs sans moraliser.

Certains jeux furent des merveilles – *Le Chat Magicien, l'Île Aventureuse* [1] – mais cette branche de la firme Herder, malgré un succès évident dans tous les milieux soucieux de pédagogie, ne rencontra pas assez de succès auprès du grand public pour assurer sa survie financière. La collection s'arrêta donc vers 1990. L'idée était cependant semée et d'autres éditeurs prirent le relais : Haba et Selecta notamment, avec les jeux dont nous parlerons plus loin, ainsi que quelques petits éditeurs isolés.

1. Éd. Herder, jeux épuisés.

Trois caractéristiques communes à tous les jeux coopératifs

Un jeu coopératif se reconnaît aisément à trois caractéristiques :

• La présence d'un défi ou d'un danger extérieur. Dans la chaise musicale coopérative, c'est le manque de plus en plus grand de sièges disponibles. Dans *le Verger* [1], c'est l'oiseau. Dans *Avalanches* [2], c'est la neige qui ferme les passages. Dans *T'Chang* [3], c'est l'obscurité et les animaux dangereux...

• Une ou plusieurs possibilités d'entraide (sauf dans le niveau le plus simple). Dans certains jeux, elle est réduite au fait de pouvoir faire un cadeau : donner un fruit à un autre joueur (*Le Verger*) ; offrir ses points pour les utiliser de manière optimum (*Avalanches*) ; dans d'autres, elle permet des choix stratégiques : se partager des missions qu'on ne pourrait couvrir tout seul (*Seigneur des anneaux*).

• Une caractéristique incontournable : on gagne ou on perd tous ensemble. Autrement dit, si le danger l'emporte, les joueurs perdent le jeu tous ensemble. Au contraire, s'ils parviennent à le vaincre, leur victoire est commune.

À partir d'un tel canevas, les jeux se situent sur une échelle de complexité qui est fonction des mécanismes mis en œuvre. Il existe naturellement une relation entre ces différents mécanismes et les âges auxquels s'adressent les différents jeux.

Je diviserais les jeux coopératifs que je connais en quatre niveaux :

---

1. Décrit précédemment. Éd. Haba. 2 à 4 joueurs. Durée : 15 minutes. À partir de 3 ½ ans.

2. Éd. Intered (Espagne). Distribué par Casse-Noisettes. 2 à 4 joueurs. 6 à 10 ans. Durée : 20 minutes.

3. Éd. Casse-Noisettes. 3 à 4 joueurs. À partir de 8 ans. Durée : 20 minutes.

1. Des jeux dont toutes les pièces sont communes

C'est le niveau le plus simple. Jouer, c'est obéir au dé sans pouvoir résister. Sur ce dé, les bonnes faces défendent le sort des joueurs et les mauvaises contrarient leur fortune. Le hasard a la part belle mais les enfants font tout de même l'expérience d'appartenir à un même groupe que menace un ennemi. Ainsi dans *Félix Flotte* (Éd. Haba), les enfants tentent de placer des petits poissons au centre du plateau. Une face du dé fait cependant apparaître un gros poisson qui décime ces petits poissons et casse le plan des joueurs. Ce glouton s'appelle Félix et progresse de case en case en obéissant aux actions indiquées par le graphisme : manger un poisson de telle couleur, digérer, recracher ce qu'il a dans la bouche. Si les enfants parviennent à poser tous les petits poissons au centre du plateau, ils gagnent le jeu tous ensemble. Au contraire, si Félix a capturé quatre petits poissons, c'est lui qui gagne et les enfants perdent le jeu tous ensemble.

Même dans des jeux aussi simples, les enfants font une double expérience : d'une part, celle de contribuer à des actions communes (ils ne rivalisent pas entre eux) et, d'autre part, de se réjouir ensemble de la victoire ou, au contraire, d'assumer communautairement l'échec. Très vite, on découvre ainsi une des premières qualités des jeux coopératifs : perdre tous ensemble est beaucoup moins dur que de perdre tout seul.

2. Des jeux où les joueurs ont une possibilité réelle de s'entraider

C'est le cas dans *le Verger* puisque chaque enfant peut offrir le résultat de son dé à un autre enfant. Ce ne sont pourtant pas toujours des points qu'on offre. C'est parfois la mise en commun de ressources naturelles qu'on possède : sa mémoire pour indiquer un emplacement stratégique (*Au bal masqué des coccinelles* [1] et *Dans la Forêt des Contes* [2]) ; un avis qui pourrait faire changer la tactique d'un partenaire (*T'Chang* [3], *Marée Noire* [4] et *Le Seigneur des anneaux* [5]).

On découvre très rapidement la puissance d'une mémoire collective. On découvre surtout que les ressources mises en commun constituent un capital qui dépasse la stricte addition des biens partagés. C'est une découverte fondamentale qu'on fait un jour ou l'autre dans les jeux coopératifs : il y a plus de fécondité à agir ensemble que séparément. Certains jeux accentuent bien ce mécanisme en doublant le gain pour ceux qui s'entraident. Ainsi, dans *Avalanches* [6], des joueurs qui parviennent à se rejoindre sur un des quatre chemins, avancent deux fois plus vite car l'un profite du dé de l'autre et vice versa. *Avalanches* n'en reste pourtant pas là. L'action du jeu se déroule dans un village de haute montagne qui reçoit des appels au secours : dans les hautes vallées, des gens sont en détresse et il faut les secourir avant que les cols

1. Éd. Selecta. 5 à 7 ans. 2 à 6 joueurs. Durée : 20 minutes.

2. Titre allemand : *Im Marchenwald.* 7-11 ans. Éd. Adlung. 2 à 8 joueurs. Durée : 20 minutes.

3. Éd. Casse-Noisettes. 3 à 4 joueurs. À partir de 8 ans. Durée : 20 minutes.

4. Éd. Intered (Espagne). Distribué par Casse-Noisettes. 1 à 6 joueurs. À partir de 12 ans. Durée : 35 minutes.

5. Voir si l'édition française existe toujours chez l'éditeur Tilsit. Sinon Éd. Kosmos, avec traduction française. 3 à 5 joueurs. À partir de 12 ans. Durée : 1h30.

6. Éd. Intered (Espagne). Distribué par Casse-Noisettes. 2 à 4 joueurs. 6 à 10 ans. Durée : 20 minutes.

ne soient fermés par les neiges de l'hiver. Cette arrivée de la neige survient chaque fois qu'un joueur obtient la face *avalanche* sur le dé. Dans ce cas, il doit poser un pion blanc sur son itinéraire et si cinq pions blancs y sont présents, il ne peut plus passer. Au fil de la partie, le danger grandit et il n'est pas rare qu'un joueur doive poser le fameux cinquième pion. Dans ce cas, un autre joueur peut proposer de le prendre à son compte et de le mettre sur son propre chemin. Nous sommes, à cet instant précis, au cœur du jeu. Écoutez bien la musique du défi : est-ce que j'*accepte de prendre le mal de l'autre en vue d'une réussite communautaire* ? *Avalanches* s'adresse aux enfants de 6 à 10 ans mais on s'en servira avec intérêt dans des groupes d'adolescents ou d'adultes qui veulent expérimenter un jeu coopératif.

3. Des jeux où il faut se soucier de sa distance aux autres pour gagner

Dans *Le Bandit Brigandi* [1], les joueurs utilisent deux dés pour échapper au danger. À chaque lancer, celui qui joue décide de leur attribution : *quel dé pour son pion et quel dé pour le bandit ? Et qui avant qui ?* Ce système intelligent permet, dans certaines situations, d'éviter de se faire attraper. Bien plus, l'enfant, dans son choix, doit aussi tenir compte de la place des pions de ses partenaires par rapport au danger.

1. Éd. Haba. 6 à 10 ans. 2 à 4 joueurs. Durée : 20 minutes.

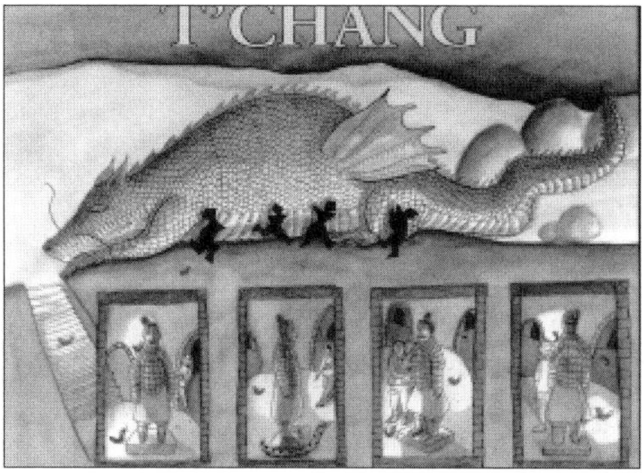

Très différent, *T'Chang*, à lui tout seul, met en œuvre deux idées qui situent d'emblée le jeu coopératif à des niveaux d'intérêt et de difficulté supérieurs que j'exprimerais de la manière suivante :

— *Je suis en détresse et j'ai besoin de vous. Or si vous ne venez pas, vous perdrez aussi le jeu.*

— *J'ai beau être riche, ma richesse ne sert à rien si elle n'est pas partagée.*

Le jeu a pour cadre une tombe royale de laquelle les joueurs doivent sortir malgré l'obscurité ambiante et le labyrinthe qu'elle constitue. Pour s'éclairer, ils recourent à la lumière fugitive de petites lucioles et les ramassent sous les pierres du jeu. Cette action n'est cependant pas sans danger puisque quelques autres bestioles – scorpions, scolopendres, mygales... – se cachent sous certaines pierres : piqués, les joueurs ne peuvent alors se remettre en jeu que si un autre joueur vient les délivrer. Mais pourquoi quelqu'un viendrait-il à leur rescousse ? Réponse facile et motivante : *si tous les joueurs ne sont pas sortis du labyrinthe dans lequel ils évoluent, le jeu est perdu par tous !*

Bien plus ! Il arrive fréquemment que des joueurs tombent à court de lucioles, autrement dit à court d'énergie. Or celui qui ne possède plus de luciole (une luciole permet d'avancer d'une case), ne peut plus se déplacer. Les autres doivent donc veiller au ravitaillement des plus faibles et prendre conscience que s'ils sortent prématurément de la tombe, les vers luisants qu'ils emportent dans leurs poches, ne pourront plus servir ni être partagés.

T'Chang est un jeu qui s'adresse aux 7-11 ans. Lui aussi, on l'emploiera avec succès dans le cadre de formations pour adultes car la première partie qu'on en joue est de toute manière une interrogation pertinente sur notre manière de coopérer.

4. Jeux coopératifs pour adultes

Dans les jeux coopératifs pour adolescents et adultes, d'autres accents interviennent et entraînent les joueurs dans des situations où la coopération doit être encore mieux gérée s'ils veulent gagner la partie.

Dans *Marée Noire* [1], s'il faut investir toute sa force pour ralentir et supprimer les galettes de goudron qui glissent vers la plage, cette énergie ne peut être exercée n'importe comment ; employée sans discernement, elle risque de bloquer l'efficacité d'autres joueurs.

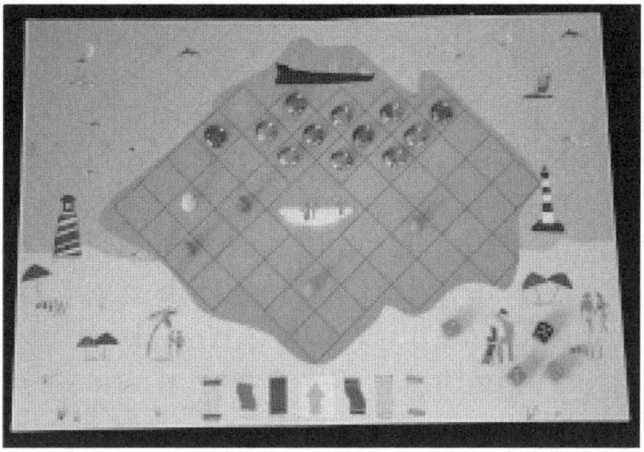

– *Marée noire* –

Le Seigneur des Anneaux [2] est un jeu coopératif d'un tout autre genre. Ceux qui y jouent ne réussissent à vaincre les forces du Mal que s'ils prévoient l'avenir en évaluant les ressources présentes mais aussi et surtout celles qu'ils doivent acquérir avec urgence. Le matériel

1. Éd. Intered (Espagne). Distribué par Casse-Noisettes. 1 à 6 joueurs. À partir de 12 ans. Durée : 35 minutes.

2. Voir si l'édition française existe toujours chez l'éditeur Tilsit. Sinon Éd. Kosmos, avec traduction française. 3 à 5 joueurs. À partir de 12 ans. Durée : 1h30.

est superbe et cinq plateaux différents nous plongent dans le fabuleux univers de Tolkien. La règle est complexe et riche en possibilités : on réservera dès lors ce dernier jeu à des joueurs habitués à décrypter des règles de haut niveau.

Plus récent, *les Chevaliers de la Table Ronde* [1] devrait aussi séduire les adolescents et leur permettre d'expérimenter un système coopératif. Les joueurs entrent dans des rôles particuliers et cherchent à réunir sept épées blanches en allant les quérir dans cinq régions où la magie est puissante et s'oppose à l'intrusion des chevaliers. Un jeu stressant, lui aussi doté d'un matériel magnifique.

Le *Seigneur des anneaux* et *les Chevaliers de la Table Ronde* sont des jeux qu'on ne peut pas improviser. Ils demandent d'être soigneusement compris à l'avance et menés par un animateur compétent.

Apparitions et disparitions

La vie des jeux est de plus en plus courte sur le marché du jeu. Que *Le Verger* et *T'chang* aient chacun 15 années d'âge tient presque du miracle. Lors de la parution de ce livre, tous les jeux cités étaient disponibles mais rien n'est dit sur leur durée de vie. Sur le site de www.casse-noisettes.be, vous trouverez une page consacrée aux jeux coopératifs et vous serez ainsi tenus aux courant des jeux qui existent au moment où vous les cherchez.

• • •

1. Éd. Days of Wonder. 3 à 6 joueurs. À partir de 11 ans. Durée : 1h30.

Bien d'autres jeux coopératifs ont été produits durant ces 10 dernières années... mais on pourrait souvent leur reprocher d'être ennuyeux car ils ont été fondés pour défendre un thème et non du plaisir. Les jeux coopératifs sont mis à toutes les sauces : de l'intérêt de se laver les mains à une alimentation saine, de la sécurité routière aux mécanismes d'exclusion. En voulant défendre de telles idées, les auteurs de jeux s'enfoncent souvent dans des créations d'autant moins ludiques qu'elles sont lourdes en message. Le verdict des enfants tombe généralement vite : ils boudent ces jeux issus des meilleures intentions du monde et disent avec raison qu'un *Monopoly* vaut bien mieux qu'un jeu coopératif ennuyeux.

Quelque chose d'important est ainsi dit : les jeux coopératifs se doivent de proposer des thèmes attirants. Ce ne sont pas les thèmes qui changent les enfants... mais les mécanismes qui sont mis en œuvre quand on les joue : partager ses idées, avoir confiance en soi et en l'autre, se sentir utile et trouver sa place. Si un enfant découvre dans des jeux un réel plaisir à défendre des intérêts communautaires, il en gardera la trace dans ses attitudes et deviendra d'autant plus facilement un adulte ouvert à des combats collectifs. Car qu'est-ce qui nous fait réduire nos poubelles en triant les déchets, nous ouvrir à la richesse d'autres cultures, mieux gérer notre cité, encourager le commerce éthique... si ce n'est l'intime conviction qu'en étant gagnants sur ces plans-là, nous sommes gagnants dans notre propre vie ?

Actuellement les enfants sont imbibés de ce que sèment en eux les jeux compétitifs : être le plus fort, être le premier, être le meilleur. Jeu après jeu, par tous ceux qui fonctionnent sur le modèle de *Monopoly*, ils ingèrent une manière de voir la vie : le plaisir se crée en excluant, en écrasant et en prenant, dès que possible, les meilleures places. À cette école, peuvent-ils donc devenir d'autres citoyens que des battants qui font d'abord passer leurs intérêts personnels ?

Au contraire, en proposant de nombreux jeux fonctionnant sur des structures solidaires, nous forgeons dans ces mêmes enfants des réflexes coopératifs qui leur permettront de regarder plus tard les problèmes de société sous un autre angle.

Répétons-le donc : ce ne sont pas les thèmes des jeux qui importent... mais leurs structures et les manières dont ils sollicitent et entraînent l'intelligence et l'imagination des joueurs. Si pour vaincre des pirates, des bactéries, des dragons ou toute autre menace, ces joueurs découvrent que c'est en mettant leurs ressources en commun qu'ils sont gagnants, cette expérience-là finira par laisser une trace féconde dans leur manière de résoudre les vrais défis de la vie.

Il n'est pas grave que les thèmes soient racoleurs si ces thèmes mènent les joueurs autour de tables qui leur permettront de se battre avec plaisir pour des intérêts communautaires. Entre un jeu avec des pirates et un autre sur l'hygiène dentaire, tout enfant normal a vite choisi. Donnons-leur donc ce qui les séduit, en évitant les thèmes racistes et intolérants, pourvu que, pour ces paillettes, ils acceptent de s'allier et de faire l'expérience de règles qui les unissent et les rendent solidaires.

De toute manière, les jeux coopératifs ne sont qu'une goutte d'eau sur la roue du moulin de la solidarité. Ils n'ont de sens que s'ils sont renforcés par d'autres occasions de coopérer et qu'ils s'inscrivent dans un cadre plus large.

Il ne sert à rien de jouer à des jeux coopératifs si, dans nos vies quotidiennes, nous ne résonnons pas des mêmes exigences : choisir et décider en commun, partager les rôles sans s'opposer mais pour se compléter, croire qu'il y a plus à gagner en mettant en commun qu'en s'opposant.

Comment décidons-nous en famille d'une destination de vacances ou des activités du prochain week-end ? Comment partageons-nous les taches ménagères ? Sommes-nous intimement persuadés que certaines actions rapportent plus d'être accomplies ensemble que de manière séparée ?

La richesse de chaque joueur devient un cadeau pour les autres

Une des grandes découvertes qu'on fait dans les jeux coopératifs est aussi celle-ci : dans un jeu compétitif, toutes les qualités de mon adversaire représentent des menaces. S'il est plus rapide, il me battra de vitesse. S'il est plus rusé, il me tendra des pièges. Au contraire, dans un jeu coopératif, toutes les qualités de l'autre sont un cadeau pour le groupe et, plutôt que de m'en méfier et de tenter de les réduire, je me réjouis de leur existence, je les désire et je m'en enrichis.

Le jeu coopératif permet également d'autres fonctionnements : l'entraide circule dans tous les sens. Le plus grand aide le plus petit mais certaines situations font que c'est parfois le plus petit qui aide le plus grand. Car chacun, selon l'apport demandé, est parfois le plus grand et parfois le plus petit. On quitte le règne de la menace pour entrer dans celui de la rencontre et, quand la menace recule, la peur tombe et des fragilités peuvent être découvertes et secourues.

Les jeux coopératifs mettent en œuvre une telle qualité de vécu qu'il est parfois intéressant de les relever par une parole. Quand une partie finit, comme parent ou comme animateur, sachons « nous retourner » sur cette partie et dire que c'était vraiment bon de jouer tous ensemble. Marquons même cette parole d'un symbole (des biscuits, une boisson...) pour poser du poids sur ce qui nous importe : que nous ayons gagné ou perdu, l'important est ce bon temps que nous avons pris ensemble et durant lequel chacun a mis en commun ses talents, son imagination et ses ressources. Bien plus, si nous en sommes capables, redisons pour chaque joueur certains gestes, certaines actions ou certaines paroles positives qui nous ont frappés : *Cela m'a fait du bien quand tu es venu me délivrer ! Toi, tu as eu une superbe idée qui nous a permis de continuer le jeu quand nous pensions avoir perdu ! Heureusement que tu avais encore des réserves et que tu as réussi à les partager !*

Nous reconnaissons en cela que la victoire commune est le fruit de toute une série d'initiatives qui ont été des cadeaux pour la vie du groupe.

De telles paroles sont fécondes. Elles font exister une seconde fois ce qui a été vécu. Elles sont des marques de reconnaissance et laissent dans les joueurs une trace entendue et consciente d'actes importants qui ont été posés et qui ont bâti du bonheur.

Or on se souvient souvent du bonheur.

Comment sommes-nous ?

Ce camping a prévu des matinées de jeux pour les enfants. Le groupe est à la piscine et je les observe.

Le responsable propose une compétition. Il lance 12 balles dans la piscine et enjoint aux enfants de les attraper. Les 20 enfants – entre 6 et 11 ans – plongent. Il n'y a bien sûr pas assez de balles pour tous et, quelques instants plus tard, les vainqueurs grimpent les échelles métalliques, en tendant leur trophée, la tête haute. C'est en réalité leur ticket pour rester en jeu. Les autres, les perdants, sont priés de s'asseoir sur le bord de la piscine... et de regarder.

On devine aisément la suite du jeu : 6 balles sont relancées dans la piscine et seuls les 12 gagnants du round précédent peuvent replonger et tenter de s'en saisir.

En toute bonne logique, cette chaise musicale et aquatique élimine, par rounds successifs, les joueurs. Les perdants rejoignent chaque fois le groupe de plus en plus majoritaire qui patiente sur le bord de la piscine. Seule consolation : le soleil qui brille pour tous, généreusement.

Ce type de jeu ne produit qu'un seul gagnant et le vainqueur reçoit les honneurs du système : une médaille de pacotille, les applaudissements (obligatoires) de ses adversaires et des points que les gagnants des diverses épreuves peuvent accumuler pour recevoir gratuitement quelques friandises au magasin du camping. Vraiment, si on perd... on perd sur toute la ligne !

Une société tournée vers les vainqueurs.

Une société tournée vers les battants...

... avec, laissés sur le carreau, les 99 % de ceux qui perdent.

N'avons-nous donc pas de regard critique pour nous rendre compte du système que nous générons ?

Qui nous le donnera ?

N'avons-nous donc pas d'imagination pour célébrer le jeu joué en le clôturant autrement que par la reconnaissance des victoires et des défaites ?

Lézard de la Cordillère...

Lors d'une formation sur le jeu coopératif au pays basque espagnol, j'eus la chance de rencontrer un homme qui travaillait en prison. Cet homme, Manuel, avait, en quelque sorte, le physique de l'emploi : grand, des épaules larges, bien en chair, les cheveux foncés, les sourcils touffus et très marqués...

Une des activités du matin était un jeu durant lequel les participants devaient traverser un couloir en tentant d'échapper à un lézard qui tentait de les saisir. Il ne suffisait cependant pas d'être touché pour être capturé. Le lézard n'attrapait un joueur que si, tout en le maintenant en l'air, il parvenait à crier distinctement : *Lézard de la Cordillère, un, deux, trois...* Vous verrez, si vous essayez un tel exercice, que l'effort est double :

1. il faut détacher du sol celui qu'on attrape : ce qui représente un effort d'autant plus grand que celui qui est attrapé, se débat généralement avec vigueur ;
2. il faut en plus dégager de l'énergie vocale pour crier une phrase qui n'est pas des plus courtes...

C'est un jeu merveilleux durant lequel on rit beaucoup. Une de ses richesses est de créer un retournement de situation dans lequel chacun peut autant déployer des forces de résistance que des forces d'intégration.

Or il se fait que mon gardien de prison s'était proposé pour être le lézard de service et qu'avec sa force naturelle, il lui était facile d'attraper les joueurs et de les soulever haut et fort.

Pourtant j'observai ceci : si Manuel attrapait sans problème ceux qu'il avait choisis, en les reposant sur le sol, il avait toujours un mot doux, parfois accompagné d'un geste affectueux dont je devinais le contenu : *Bien sûr, je t'ai attrapé. Mais j'espère que je ne t'ai pas fait mal et je trouve que c'est si bon de jouer ensemble !*

Que de douceur ! En lui, aucune confusion entre *énergie* et *violence*. Dans un jeu, rien n'est à prouver même si quelqu'un en sort gagnant. Être au cœur d'un jeu, c'est donner la priorité au bonheur de faire quelque chose de bon ensemble.

Des jeux avec du souffle...

Certains auteurs expriment par les règles de leurs jeux la respiration intérieure qui les habite. Kris Burn est de ceux-là.

Lors du salon de Nuremberg, en 2002, j'eus la chance de passer une demi-heure avec lui durant laquelle il m'expliqua son nouveau jeu *Dvonn*.

Pour comprendre ce que je voudrais dire, il faut savoir que, dans ce jeu, en plus des pièces noires et blanches appartenant aux joueurs, trois pièces neutres sont également à la disposition des adversaires. Ces pièces rouges, outre qu'elles peuvent être utilisées pour gagner des points, sont d'une importance capitale car tout pion du jeu qui n'est plus en lien avec l'une d'elles perd sa vie et est aussitôt retiré du plateau.

C'est une règle merveilleuse qui dit bien le rapport que l'auteur entretient avec la vie : *si nous ne sommes pas reliés, nous sommes morts.*

Je demandais à Kris Burn s'il était conscient du lien qui m'apparaissait aussi clairement. Il hésita quelques instants et me fit la réponse suivante : *S'il existe deux domaines qui mettent de la communication entre les hommes du monde entier, quelles que soit leurs cultures, ce sont la musique et le jeu. Si tu te trouves dans un village, au fond d'une forêt asiatique, et que tu joues avec quelqu'un, il ne se passera guère de temps avant que d'autres ne viennent regarder et exprimer leurs commentaires...*

Kris Burn est venu au jeu après avoir été un marcheur, un alpiniste et un cinéaste. Chacun de ses jeux exprime d'une manière ou d'une autre ce rapport à l'univers. Dans *Gipf*, la couverture de la boîte est explicite : une rencontre entre les quatre éléments du monde ; l'eau, la terre, l'air et le feu. Dans *Tamsk*, il invente un système de *pions-sabliers* qui ne survivent dans la partie que le temps de leur écoulement. Autrement dit, si le joueur désire disposer de ses pions à plus long terme, il faut qu'il s'en préoccupe et les joue régulièrement pour avoir le droit de les retourner et de prolonger ainsi leur vie.

Observez également les pions qu'il nous propose dans *Dvonn* : les blancs sont mouchetés de noir et les noirs sont mouchetés de blanc. Personne n'est tout à fait blanc, personne n'est tout à fait noir. Chaque personne est porteuse de la différence de l'autre.

L'Édition elle-même de Kris Burn s'appelle *PROJET GIPF* [1]. Qui dit projet, dit mouvement, rêve, invitation, vie.

En jouant à ses jeux, nous nous laissons convier, à travers des formes très abstraites, à des parties pleines d'esprit et de souffle. Quel régal !

Kris Burn n'est pas le seul auteur à s'exprimer dans ses règles. Klaus Teuber, dans *les Colons de Catane* auquel nous consacrons tout un chapitre en troisième partie, magnifie la relation en nous plongeant dans un suspens communautaire et dans des négociations qui font le sel de son jeu. Un autre, l'auteur d'*Himalaya* [2], Claude Bonnessée, propose un jeu dont deux lois parlent clairement de la vie. Dans certains

1. www.gipf.com

2. Éd. Tilsit. 3 à 4 joueurs. À partir de 12 ans. Durée : 1h30.

lieux, on reçoit et dans d'autres on redonne. Bien plus : si les habitants d'un village vous proposent un cadeau, ayez l'humilité de prendre celui qui a le moins de valeur...

Ceux qui inventèrent les jeux coopératifs de plateau sont de semblables pèlerins. Ils écrivent en lettres ludiques la rencontre et le partage dont ils rêvent. En nous proposant leurs jeux, ils nous invitent à joindre nos propres pas à cette danse universelle qui dépasse nos univers restreints et nous ouvre à une humanité conviviale.

Mon enfant a tout

Derrière les jeux de plus en plus nombreux sur l'étagère disparaît le motif du papier peint dans lequel j'aimais rêver.

Observez-la. Cette mère va de rayon en rayon, de plus en plus désolée. Elle cherche un cadeau pour l'anniversaire de son fils – à moins que ce ne soit pour Noël – mais chaque étagère semble désespérément pleine de ce qu'il possède déjà. Rien ne semble neuf et, bien qu'un choix incroyable soit offert, tout se fond à ses yeux dans le connu et l'insipide. Elle s'obstine à chercher... mais dans ce magasin, l'infini n'existe pas. Elle renonce donc à trouver par elle-même et me dit ce que je pressens depuis dix minutes :

— *Je voudrais quelque chose de très original pour mon fils de 7 ans.*

Par politesse, je reprends donc la promenade qu'elle vient de parcourir... mais c'est peine perdue car tous les bons jeux de son âge, il les a déjà reçus une ou deux années plus tôt. Si néanmoins je trouve tout de même quelque chose de neuf, elle décline mon idée en déclarant : *Il a déjà tant de choses semblables.*

En fait deux paroles sont en train de se croiser... mais elles sont rarement dites et je les exprime donc à voix haute :

- l'une de cette mère qui finit par m'avouer : *Il a déjà tout. Je ne sais plus quoi lui offrir. Chercher un cadeau devient une épreuve alors que ce devrait être une fête.*

- et la mienne que j'aimerais dire (mais comment la dire ?) : *Madame, je sens bien que je ne trouverai pas un jeu qui vous plaira. Il me semble que bien des chemins ont été parcourus ; que toutes les idées sont sans valeur.*

Trois souffrances qui se croisent

À vrai dire, j'ai mal pour elle. Nous sommes même face à une souffrance plus large qui touche trois personnes différentes. La première n'est pas encore consciente : c'est celle de l'enfant qui va souffrir d'avoir trop. La seconde est celle de ce parent qui aime et qui voudrait le prouver par un achat... sans pourtant y parvenir. La troisième – mais devrais-je en parler ? –, c'est la mienne ; car, derrière mon rôle de marchand, j'ai tout de même un projet de société et je ne veux pas que mon magasin soit un lieu de consommation et de remplissage.

Reprenons chacune de ces souffrances car les regarder, c'est les ouvrir et découvrir d'autres chemins possibles, même s'ils ne sont jamais faciles.

• • •

De trop !

La première souffrance concerne donc l'enfant, même s'il ne s'en rend pas compte. Elle est en gestation. Pourquoi refuserait-il d'ailleurs tous ces cadeaux qui le comblent *outre-mesure* et dont la publicité attise sans cesse le désir ? Chaque année, des catalogues de papier glacé emplissent les boîtes aux lettres et lui donnent mille autres rêves à satisfaire. Il en tourne les pages avidement, met des croix sur ce qui l'attire, sur ce qu'il n'a pas, sur ce qu'il n'a jamais essayé.

Nous assistons impuissants à cette voracité dont nous payerons le tribut. Est-il encore possible de discuter ses choix ? Comment minimiser son désir quand il le compare à ce que les copains possèdent ? Il est au cœur d'une société du dû... sans pouvoir mesurer l'impasse immense dans laquelle tout le projette.

Nous ne pouvons éviter tous les pièges d'une société de consommation. L'importance des budgets consacrés à l'enfance dans les pays riches ne cesse de grandir. La France est ainsi le 4e pays au monde sur l'échelle de ceux qui dépensent le plus en achat de jeux. Des sommes immenses sont consacrées à ces achats et donnent dans le panneau de milliers de jouets stupides qui sont portés par des spots télévisés.

Stupides par leurs thèmes en regard de la beauté dont nous sommes capables par ailleurs, stupides par leur manque de solidité alors qu'ils s'adressent à des enfants, stupides par leurs mécanismes en comparaison de l'intelligence dont le 21e siècle témoigne.

Mais le marché est bien orchestré. Faire naître du désir, faire acheter, produire des basses qualités, veiller à une détérioration rapide, faire jeter à la poubelle, recommencer...

Ai-je vraiment caricaturé ?

Et c'est cela que nous leur offrons ! C'est par de tels achats que nous voulons témoigner que ces enfants sont précieux et uniques à nos yeux. Sommes-nous conscients que le cadeau ne porte plus le message ? Qu'il y a glissement et qu'un autre message ne peut manquer de s'installer au moins dans leur inconscient : *Ils disent qu'ils m'aiment, mais ce qu'ils m'offrent pour témoigner de leur amour casse et se révèle sans lendemain. La preuve de l'amour est maigre. Que dois-je en penser ? Ils n'ont pourtant pas l'air de se moquer de moi...*

L'abondance crée la lassitude. L'enfant s'ennuie alors qu'il n'a jamais eu tant à faire. *Donnez-moi donc encore autre chose !*

Rien ne semble neuf. Nous avons rajeuni l'âge des jouets. À 8 ans, une fillette en a déjà fini de jouer avec des poupées ; garage et château-fort semblent dépassés pour des garçons du même âge. Où sont les repères de notre propre enfance ? Où est la joie tranquille de Fifi Brindacier et des enfants de Bullabill[1] ?

Au rythme des anniversaires et des fêtes, nous avons banalisé l'acte d'offrir. On offre à tour de bras et, si on offre à l'un, on offre une compensation à l'autre. En Belgique, une coutume on ne peut plus contestable s'est même instaurée à Bruxelles : chaque enfant invité à une fête d'anniversaire, en repart avec un sac de petits présents. On est dans la surenchère et la surenchère est le meilleur chemin pour se casser la figure, de manière abrupte, un jour ou l'autre.

1. Héros d'Astrid Lingren.

Que devons-nous prouver ?

Que devons-nous donc prouver ? Les enfants se portent-ils mieux avec des chambres pleines ? Comment encore parler de moments exceptionnels ? Même la valeur de ce qui est offert dépasse tout entendement : mes clients s'excusent presque lorsqu'ils souhaitent limiter leur budget à 10 euros.

L'enfant fait ainsi l'expérience d'une triple déception : de nombreux jouets ne tiennent pas leurs promesses en ressources créatives (jouets *boutons*, jouets automatisés) ; de nombreux jouets sont fragiles et l'enfant tient rapidement en main un objet défectueux ou irréparable ; de nombreux jouets le coupent de la relation car ils ont été créés pour un monde d'enfants solitaires.

Qu'il soit déçu du jouet est une chose... mais plus grave est la correspondance inconsciente qui s'installe progressivement en l'enfant entre *ce que devrait exprimer ce qu'il reçoit* et *sa qualité réelle*. En quelque sorte, le cadeau trahit le don : si le don du jouet exprime bien de l'amour, l'objet lui-même, par sa pauvreté ludique ou toute autre caractéristique décevante, n'est pas à la hauteur du message. Pour caricaturer, c'est comme si vous offriez une piscine percée...

Au début, l'enfant n'est certainement pas conscient d'une telle réalité. Il s'en imprègne cependant. Toutes les fibres de sa vie s'en emplissent et, petit à petit, elle sera source de malaise, de déception puis de souffrance. Il est comme pris dans un piège sur lequel il ne peut mettre des mots mais dont il subit la logique : la vie est lassante quand on a trop. On en perd le goût des choses. On découvre que posséder beaucoup n'est pas une source assurée de satisfaction.

• • •

Quand offrir devient un fardeau

Comme parents, nous pourrions être les mieux placés pour observer cette impasse mais pris par le quotidien où nous semblons sans cesse manquer de temps, nous vivons avec. Fêtes et anniversaires se succèdent à toute vitesse et rien ne nous permet de prendre du recul. Nous travaillons, nous soignons, nous veillons ; nous gérons les envies et les achats ; nous essayons de suivre le calendrier et de prévoir.

Ce sont les *déjà* ou les *encore* qui devraient nous renseigner sur cette lassitude qui commence à nous habiter. La prochaine occasion de fête est soudain devenue lourde à porter. Des fêtes qui ne sont plus rêvées attestent de notre manque d'air frais.

Il faut pourtant du temps pour mettre des premiers mots sur ce malaise. Un jour, en prenant la mouche devant un cadeau qu'on avait cherché et qui déçoit, devant un cadeau avec lequel il ne joue pas, devant un cadeau qu'il délaisse pour aussitôt en réclamer un autre, des mots plus durs nous montent à la gorge :

— *Alors je ne t'achèterai plus rien !*

En réalité, nous nous disons à nous-mêmes :

— *Trop c'est trop !*

ou encore

— *Qu'ai-je fait en le gâtant tellement ?*

Comprendre ce qui s'est passé

Ici, pas de fuite en accusant l'autre... Nous sommes devant un engrenage dont nous sommes un des rouages principaux. Et ça nous fait mal ! Aurions-nous raté quelque chose en voulant donner du bonheur ? En transformant nos moyens financiers en source de déception ?

Il faut pourtant un certain courage pour oser se dire à soi-même : *Oui, mon enfant a tout. Je reconnais que je ne sais plus quoi choisir pour lui faire un cadeau.*

Celui qui est capable d'une telle reconnaissance, a déjà fait le premier pas sur la route de ce qui va changer en lui. Mettre des mots sur ce qui ne va pas, c'est s'ouvrir d'autres possibles.

Cette reconnaissance passe souvent par différentes étapes.

Une première reconnaissance serait de constater que je n'arrive plus à trouver un jouet qui soit source de fête. Pourrais-je l'exprimer autrement en prenant conscience qu'une part de mon mal-être se joue dans le passage du « *ça ne lui conviendrait pas* » à « *plus rien ne me convient* ».

Ce peut être une grande souffrance : j'aime mon enfant ; je voudrais le fêter et je n'ai plus de signes pour faire la fête. Je constate que plus rien n'est réellement cadeau. Je ne trouve plus d'objet pour exprimer ma tendresse.

En y réfléchissant, certains découvriront que leur souffrance vient de plus loin. Ils sont lucides sur les choix disponibles ; mais ils voient vers quels jeux courent leurs enfants... et se disent que de tels choix sont à contre-courant des valeurs qui les habitent et qu'ils aimeraient transmettre.

Jouets de guerre quand nous voulons la paix.
Jouets de destruction quand nous croyons en ce qui construit.
Jouets fragiles quand nous croyons en la durée.
Jouets fruits de l'exploitation quand nous croyons en la justice.
Jouets éphémères quand nous croyons à la fidélité.
Jouets gaspillés quand nous croyons au partage.

Dans cette lucidité, notre souffrance c'est de céder ou d'avoir cédé à des achats alors que fondamentalement nous nous situons intérieurement à contre-courant de cette société de consommation. S'en rendre compte, c'est se découvrir le pouvoir de poser une question qui sera motrice d'un autre avenir même si nous n'en connaissons pas encore les chemins :

- *Que faire pour rester fidèle à soi-même ?*

- *Comment sortir de l'engrenage où TOUT est toujours possible ?*

- *Comment gérer ce panneau dans lequel les enfants tombent les pieds joints ?*

Les plus lucides auront aussi le courage de reconnaître le rôle actif qu'ils ont joué dans de tels mécanismes : je me sens en partie responsable de ce qui s'est passé dans ma famille ; je reconnais que j'ai participé à cette détérioration ; je reconnais que je me suis trompé.

Une maman me disait : *En accédant à son désir, je me suis trompée puisqu'il n'en est pas plus heureux.*

Passer de la tristesse à l'espérance

Cette reconnaissance n'est pourtant pas un drame mais une chance. Il y a une différence entre se reconnaître responsable et traîner un sentiment de culpabilité. La première attitude permet des ouvertures tandis que la seconde écrase.

Reconnaître que :

- *si nous sommes responsables, nous le sommes solidairement ;*
- *nous n'avons pas choisi de naître dans des pays riches ni de disposer des moyens financiers qui nous sont donnés ;*
- *nous sommes emportés dans la foulée d'une mécanique économique qui nous harponne depuis notre plus tendre enfance ;*

• *il n'est facile ni d'être forts ni d'être critiques.*

Mais ne pas en rester là.

Au contraire, en faire un point de départ.

Au contraire, croire que c'est fondamentalement de cette reconnaissance que pourra surgir un autre avenir. Sans passer par elle, des alternatives et d'autres chemins ne peuvent pas s'esquisser.

• • •

Des idées concrètes

En parlant de cette problématique avec bien des parents, j'ai répertorié un certain nombre de pratiques qui permettent d'avancer positivement. Certaines sont très simples mais pleines de bon sens. D'autres demandent des ruptures et chacun ne les fera siennes que le jour où il en devinera la pertinence et la réelle fécondité.

Ne pas rester seul

Un premier bon sens serait de ne pas rester seul avec cette découverte. Celui ou celle qui la partage se fortifie immédiatement de deux choses essentielles. En premier lieu, par ce qu'il en dit, il la reconnaît : or reconnaître une expérience, c'est la situer et donc pouvoir agir dessus. En second lieu, s'il la partage avec quelqu'un, il trouve peut-être dans cette personne une alliée. Or nous avons besoin d'alliés pour tenir dans nos résolutions et conquérir nos montagnes intérieures.

On se sort rarement seul d'un mécanisme qui s'est construit sur plusieurs années. De la même manière que des personnes sont tacitement complices dans la surabondance, nous avons besoin de complices pour le « dégagement ». Puisse l'un de ces alliés être votre compagnon ou votre compagne car c'est un travail de couple que cet artisanat de la sobriété. Vous trouverez vraisemblablement aussi dans d'autres pères et d'autres mères des vis-à-vis qui vous rejoindront parce qu'eux aussi sont sensibles à ce trop-plein qui les sature. C'est ici précisément qu'on saluera avec intérêt les nombreuses initiatives du REAAP (Réseaux d'Écoute, d'Appui et d'Accompagnement des Parents) qui permet à des adultes de se rencontrer et de partager.

Vous aurez bien besoin d'être forts *à plusieurs* car, paradoxalement, ce sont vos plus proches qui résisteront : ces autres (parents, belle-famille...) qui sont toujours dans la logique de l'abondance et qui trouveraient que Noël ou toute autre fête serait ratée sans son cortège de paquets.

Il va falloir parler, demander des changements, exprimer des moins, expliquer une fois de plus... Souvent, lorsque vous direz *changement, valeurs, espace, sobriété, raison*, ces autres se rebifferont en disant à leur tour : *Je fais ce que je veux de mon argent ; c'est une idée qui te passera ; ce n'est pas à toi que j'offre mais à tes enfants !*

Ce ne sont pas les moindres combats, ceux qu'on mène avec ses propres parents. Vous n'en gagnerez une part que s'ils perçoivent qu'ils ne sont pas des accusés et que personne ne les enferme dans le passé. Il faudra des mots humbles qui laissent davantage résonner des questions intérieures que des décisions déjà prises.

Retrouver le sens des cadeaux

De toute manière, réduire l'abondance des jouets, ce n'est pas passer du trop au rien. La fête serait ratée. Et si c'était celle de Noël, nous l'aurions gâchée.

Nous devrons donc mettre autre chose dans nos fêtes. Nous allons devoir inventer. Nous poserons progressivement d'autres jalons.

La première fois que nous offrirons moins, nous créerons une surprise sauf si nous sommes des surdoués de la magie et des atmosphères. L'enfant, dès 6 ou 7 ans, ne manquera pas de constater qu'il y a cette fois moins de cadeaux.

C'est un passage obligé, peut-être douloureux... mais qu'il faut oser et qu'on réussira d'autant mieux que ces quelques cadeaux auront été particulièrement bien choisis.

Car finalement la vraie question que pourrait se poser l'enfant n'est-elle pas : *M'aimez-vous moins ?*

Une question pour laquelle il aura vite des éléments de réponses : ces cadeaux-là vont l'emplir plus que d'autres car nous aurons offert ce qui nous semblera le plus « justement » correspondre à son plaisir d'aujourd'hui. Ce n'est pas l'abondance des objets donnés qui fait la fête ; c'est leur opportunité à combler une attente présente ou enfouie. Oui, ces cadeaux-là, nous avons pensé qu'ils seraient occasion de réel plaisir, de jeux promis et tenant leurs promesses.

Vos surprises ne sont soudain plus dans le volume... mais dans la justesse de leurs trouvailles et dans le feu avec lequel vous les offrez.

Il y a dans mon magasin un petit dragon en vinyle. Rangé parmi les chevaliers, dans le coin des châteaux-forts, c'est une figurine extraordinaire tant sa silhouette, ses écailles, son jet de feu et ses griffes expriment bien l'idée qu'on se fait d'un dragon ! C'est une pièce sans grande valeur, à peine quelques euros. Je dis pourtant souvent : *On pourrait n'offrir que ce dragon lors d'un anniversaire, la fête serait réussie.* Je veux dire par là qu'un tel dragon remplace sans problème une panoplie de cadeaux tant à lui seul, il peut éveiller des jeux, des rêves et des aventures en l'enfant.

Bien choisir un cadeau est de cet ordre-là. Dans le choix de nos cadeaux, nous ne devrions pas être justes de justice mais justes de justesse.

La grand-mère de mes enfants essayait toujours d'être juste de justice. Quelle gymnastique ! Chaque enfant avait droit à 40 euros et, si un cadeau n'atteignait pas cette somme, il fallait en ajouter un autre qui fasse le complément.

La vraie justice ne réside pas dans les sous dépensés... mais bien dans l'exactitude de ce qu'on choisit : des enfants peuvent ne pas recevoir une même valeur financière tout en recevant des cadeaux qui expriment un même regard d'amour posé sur eux.

Nous avons le pouvoir de changer le cours de nos vies de famille. Si nous trouvons qu'une direction nous semble meilleure, qu'est-ce qui nous empêche d'y travailler ?

Offrons peu mais bien. C'est la tendresse et la clairvoyance qui devraient guider nos choix.

Tout de quoi ?

Nous avons donc reconnu que notre enfant avait trop. Nous acceptons peut-être déjà qu'il pourrait y avoir moins de cadeaux et que ces cadeaux pourraient être encore mieux choisis.

Mais s'il a vraiment tout, que pourrions-nous encore lui offrir ?

Pour répondre à cette question, il faut commencer par répondre à d'autres questions sur cet enfant. Une salle d'attente ou de rêve devant chaque magasin de jouets serait bienvenue : un sas dans lequel les acheteurs pourraient prendre du recul et mieux percevoir les critères auxquels devraient répondre le cadeau recherché.

Aujourd'hui, en cet enfant qui est unique, quel type de plaisir l'attire, le rend curieux et l'ouvre à la vie ?

Sommes-nous capables de répondre à de telles questions pour chacun de nos enfants ?

En règle générale, les enfants préfèrent un billet de 20 euros, un téléphone portable, un CD ou un jeu vidéo. Irons-nous au-devant de ces désirs ? Peut-être, mais si nous commencions par nous poser d'autres questions : celle de notre budget, sans doute, mais surtout celles qui vont nous permettre de rejoindre ce fils ou cette fille dans une dimension à déployer et dans laquelle il aurait du plaisir. Existe-t-il un domaine qui pourrait le surprendre et lui donner des ailes ? Est-il porteur d'une curiosité que nous voulons encourager en lui donnant un coup de pouce à travers un cadeau ?

Ce n'est pas parce qu'on a tout en objets possédés qu'on a tout de la vie. Changeons de perspective. Si nous pensons que nos enfants ont quasi tout de ce qu'on peut *avoir* à leur âge, ils n'ont certainement pas tout ce qu'on peut *être* à ce même âge. De quoi donc ont-ils trop, de « *tout avoir* » ou de « *tout être* » ? La réponse est évidemment facile et cette distinction permet à l'horizon de se trouver d'autres ouvertures. Soudain d'autres cadeaux sont possibles.

C'est le bon moment d'aller revoir les albums de notre enfance. De quoi témoignent ces photos peut-être déjà jaunies ? Avec quoi étions-nous nous-mêmes heureux ? Photos de moi et de papa construisant un château à la plage ; photos d'un adulte me poussant sur la balançoire ou tirant le chariot dans lequel j'étais assis ; autres photos d'une chenille sur mon doigt, d'un arrosoir trop lourd que mon grand-père m'aidait à porter... En fait, rarement des photos de choses possédées mais bien des moments d'émotions, de relations ou d'instants magiques.

Pensons-nous donc que les ingrédients fondamentaux du bonheur ont changé ?

Ce n'est finalement pas le fait d'acheter ou de ne pas acheter qui fait la réussite d'un cadeau : c'est notre engagement dans ce cadeau qui compte ; c'est notre projet de retrouvailles avec l'enfant ; c'est notre *oui* aux possibilités de l'objet offert.

• • •

Pour vous aider à sortir des impasses, voici quelques chemins que, selon l'occasion, vous pourriez emprunter :

Jouons ensemble

Un chemin facile pour la rencontre est celui des jeux de société puisque ceux-ci, par définition, nous mettent en relation.

C'est bien sûr une piste impraticable si vous déclarez ne pas aimer jouer. Nous en avons déjà parlé.

Dans un tel cas, il faut vous mettre en marche et chercher dans une ville proche ou plus lointaine celui ou celle qui éveillera en vous une curiosité... puis progressivement une adhésion à des jeux qui vous conviennent. Ces magiciens de la transmission existent ; j'en rencontre partout dans les magasins et les ludothèques ; certains de vos amis en sont peut-être. Accordez-leur votre confiance, faites un bout de route avec eux, découvrez surtout votre porte d'entrée personnelle, peut-être parmi celles que j'évoque dans la troisième partie de ce livre.

Changeons l'emballage

Par cette expression *changer l'emballage*, je veux clairement dire : achetons moins, emballons mieux ! Acheter moins, c'est prendre conscience que ce n'est ni la quantité ni sa propre capacité à dépenser le budget prévu qui réalise la qualité d'un cadeau.

Dans mon magasin, combien de fois, lors d'un achat, ne m'est-il pas arrivé de freiner l'ardeur de mes clients à dépenser ! Trois figurines pour jouer à la ferme ou au château-fort valent tellement mieux qu'une armée de sujets sans valeur. Le trop étouffe ; le peu déploie.

Le jour où vous serez face à un vendeur qui vous conseille d'acheter moins, vous serez au bon endroit. En acceptant de faire passer votre intérêt avant son gain, il gagne assurément votre confiance. Or bien choisir, c'est donner sa confiance. Ainsi même l'acte d'acheter passe par ce refrain incontournable de la vie : on se reçoit toujours de quelqu'un au même titre que d'autres se reçoivent de nous-mêmes. Acheter un jouet n'est pas plus banal qu'une autre rencontre si, en son acte, nous nous relions.

Emballons mieux, disais-je. Le peu déploie le beaucoup. Les quelques animaux achetés seront mis en scène et susciteront le bricolage d'une ferme en carton ou en bois. Ils recevront des noms et s'intégreront dans une histoire à raconter. Une figurine unique est toujours plus précieuse qu'un tas de choses à jouer.

Une part de nous-mêmes

Un cadeau dans lequel nous avons investi, a bien plus de valeur qu'un cadeau acheté. Le don qu'on y met, est souvent palpable. Les enfants sentent quand leurs parents s'aiment ; les enfants sentent quand un cadeau est habité.

Quel bonheur qu'un parrain qui promet à son filleul de préparer ensemble une pâte à gâteau et de la cuire ! Quel bonheur que des parents qui travaillent en cachette le soir pour construire une maison de poupée !

Osons « nos » cadeaux. Habillons-les de notre imagination et de notre fantaisie. Nos petits-enfants seront ravis de telles attitudes. Ils nous suivent si facilement quand nous donnons le meilleur de nous-mêmes. Nous demandent-ils autre chose que d'investir leur enfance en y témoignant de notre propre plaisir. Quand mon père me racontait l'histoire de Jim le cow-boy, je suis sûr qu'il s'amusait autant que moi. Quarante ans plus tard, s'il ne reste rien de l'histoire, j'ai encore dans les yeux une image de bonheur.

À quel jeu jouent les marchands de jouets ?

Par définition, un marchand vend. Les marchands de jouets sont donc les premiers pourvoyeurs de l'abondance.

Vous l'aurez deviné : la question se pose donc aussi à moi. Comment gérer ce rôle ? Comment être fidèle à ce que je crois tout en faisant tourner un magasin pour payer mon personnel et mon propre salaire ?

Je ne désire en rien une société où tout est plein. En entendant des parents dire : *il a tout...* je me dis bien que, comme marchand, je suis au centre du mécanisme, je ne cesse de l'alimenter.

Traverser cette ambiguïté, c'est donc aussi pour moi vivre et choisir certaines attitudes :

1. Utiliser toutes mes compétences pour ralentir le rythme des achats et recentrer ces achats sur l'essentiel. Je me rappelle d'une maman qui, rayonnante de ce petit bébé qu'elle venait de mettre au monde, avait posé trois hochets sur le comptoir. En mon for intérieur, je me disais : *Est-ce qu'un bébé a besoin de recevoir d'un seul coup trois hochets ?* En même temps, il me semblait impertinent de lui déclarer qu'elle achetait trop... Je me suis donc tourné vers elle et lui ai dit : *Qu'ils sont beaux, ces trois hochets ! Lequel allez-vous choisir ?*

2. M'engager dans une recherche de jeux qui sont des ouvertures plutôt que des fermetures. Je suis donc le premier complice des parents qui choisissent des jeux qui ouvrent l'être. Les grands moments de ma propre vie professionnelle furent bien de cet ordre-là : le jour où j'ai découvert un jeu de société qui ne se jouait que dans la nuit [1] ; le jour où j'ai découvert la serre à papillons [2], le jour où je me suis rendu compte que vendre un jeu, c'était ouvrir des relations...

---

1. Voir le chapitre : « Chemins d'intériorité ».

2. *La serre à papillons*, édition Insectlore (disponible en Belgique et en

Pour finir...

Mon enfant a tout, mais tout de quoi ?

Est-ce le TOUT de tout ce qu'on peut *avoir* ? Dans un tel cas, oui, il faut supprimer et créer du vide car, dans le plein, il n'est pas possible de se mouvoir.

Ou alors est-ce le TOUT de tout ce qu'on peut *être* ? Mais nous savons que jamais, sur toute une vie, nous ne ferons le tour de ce que nous pouvons devenir comme personne humaine.

Est-ce encore le TOUT de *tout* et de *tout de suite*

ou le TOUT *de tout ce qu'on peut rêver, attendre, créer, imaginer* ?

Question d'oreille.

Chaque choix, chaque désir, chaque événement sont porteurs de musiques diverses dont on entend celle qu'on veut. À cet égard, l'histoire de l'Indien à New York que je vous rapporte dans les pages suivantes est éloquente. Je l'ai reçue d'une tradition non violente. Elle me semble forte et puissante. Oui, comme l'Indien le sous-entend : chacun éduque son oreille selon ses intérêts ; chacun se rend attentif à ce qu'il met en avant.

France) : les enfants élèvent des papillons et assistent émerveillés au passage des larves aux chenilles, puis des chenilles aux chrysalides, puis encore des chrysalides aux papillons. Une expérience où contempler remplace le verbe posséder. Au bout de trois semaines, les papillons sont relâchés à travers un geste plein de sens : *Papillons, j'ouvre la porte de votre serre. Je vous rends la liberté. Je ne possède pas votre vie. Je vous remercie pour ce que vous m'avez donné de voir.*

Un Indien à New York

Un Indien d'Amérique du Nord se promène avec son ami blanc à New York. Ils marchent sur le trottoir, le long d'une grosse artère de la ville. Il y a beaucoup de circulation et donc beaucoup de bruit.

Pourtant l'Indien s'arrête, met la main sur l'épaule de son ami et dit :

— *As-tu entendu le grillon ?*

L'homme blanc le regarde avec étonnement :

— *Un grillon ! Comment pourrais-tu entendre un grillon dans le vacarme de cette ville ?*

— *Si !* insiste l'Indien. *Viens voir, je crois qu'il est là !*

Il s'approche d'une maison. Or, devant cette maison, les habitants de l'endroit ont enlevé une dalle du trottoir pour faire pousser une plante grimpante qui s'est accrochée à la façade. L'indien en écarte doucement les feuilles et dit en le montrant du doigt :

— *Regarde ! Le grillon est ici !*

L'homme blanc est très étonné. Il dit :

— *Comment as-tu pu entendre le chant de ce petit grillon ? Moi, je n'ai rien entendu. Les Indiens ont de meilleures oreilles que les hommes blancs !*

— *Pas du tout !* répond l'Indien. *Vous entendez aussi bien que nous... mais chacun n'entend que ce qu'il veut bien entendre. Observe donc ceci...*

L'Indien sort alors de sa poche une pièce de monnaie et la laisse tomber sur le trottoir. Lorsqu'elle tinte en cognant sur la pierre, tous les passants, autour d'eux, se retournent immédiatement pour voir d'où vient ce bruit.

L'Indien dit :

— *Vois-tu : le bruit de la pièce n'est pas plus fort que celui du grillon. Pourtant tous l'ont entendu. Tout dépend de ce qui nous intéresse, tout dépend de ce que nous attendons.*

(Revue *Eglise et Paix*, février/mars 1997)

Fragments de vie

L'enfant dit à la mère :
— *Qu'est-ce que tu m'achètes aujourd'hui ?*
Elle lui répond :
— *Hier, n'as-tu pas eu une voiture ?*
— *Aujourd'hui, tu peux choisir une balle magique.*
— *Pas aujourd'hui... mais demain !*
Elle pourrait lui répondre :
— *Hier, nous avons fait un gâteau ensemble.*
— *Aujourd'hui, nous avons ri au petit déjeuner.*
— *Demain, je te promets une promenade dans le noir.*
— *Après-demain, nous nous maquillerons l'un l'autre...*

L'enfant ne peut sortir de la spirale des comparaisons
quand on accepte de le suivre
sur l'échelle des choses qu'il a ou qu'il n'a pas.

Il compare avec raison (mais sans doute a-t-il tort)
s'il compare *rien* ou *trop peu...*
avec *tout ce qu'il pourrait encore avoir.*

Les relations qu'on vit sont, au contraire, uniques au monde. Elles ne se laissent pas comparer.

Éduquer, c'est poser des mots sur le merveilleux de tels moments.
C'est en prendre conscience et en rendre conscient.

Le soir, apprenons-nous à nous remercier
pour ce que nous avons vécu ensemble
et pour ce que nous avons été l'un pour l'autre.

Un cadeau en étouffe un autre

Nous cherchons un cadeau pour le premier anniversaire de son petit-fils.

Elle a 55 ans. Elle rayonne de ce nouvel enfant dans sa vie.

Elle pose donc sur le comptoir le très beau jouet que nous avons choisi ensemble.

Pourtant quelque chose se contredit en elle que j'exprimerais ainsi :

(en son for intérieur) – *je m'étonne moi-même, je ne comptais rien acheter*

(tout haut) – *ma première idée était de lui offrir des chansons...*

Je la regarde, étonné :

— *Pourquoi faites-vous dès lors un achat ? Gardez votre idée et n'achetez surtout rien. C'est une très bonne idée d'offrir des chants.*

Elle me confie qu'ils chantent ensemble. Il adore ces instants privilégiés.

Je l'encourage à garder son idée initiale.

— *Qu'est-ce que vous chantez ensemble ?*

— *Oh ! des chants très classiques*, répond-elle presque en s'excusant.

— *C'est beau ce que vous vivez... Ne l'étouffez surtout pas sous un autre cadeau.*

Nous parlons ensemble de cet essentiel que chacun peut offrir. Nous sentons (ou le pensons-nous ?) que nous sommes jugés sur nos cadeaux.

Mais par qui ? *Par l'enfant d'un an ?* Jamais ! *Par les parents ?* Au-delà de la surprise, si nous manifestons par un signe que nous avons réellement choisi ce que nous offrons, ils l'apprécieront d'autant plus.

C'est pour cela qu'il faut renforcer les cadeaux et non les étouffer.

Étouffer un cadeau, c'est en mettre un autre par-dessus.

Renforcer un cadeau, c'est soit le symboliser pour en donner une trace matérielle, soit lui donner de l'envol en y joignant quelques mots.

Je me rappelle d'un homme qui s'était fixé un budget de 40 euros. Il s'était décidé pour un excellent jouet de la moitié de cette valeur.

Tandis que j'emballais son cadeau, il me dit :

— *Je voudrais un autre jouet pour compléter.*

Étonné, amusé... puis avec tendresse car nous nous étions installés dans une relation sincère, je lui dis :

— *Est-ce vraiment nécessaire ? Votre second cadeau ne va-t-il pas étouffer le premier ?*

En disant cela, j'essayais de lui dire : cet enfant de deux ans va-t-il vous juger sur la quantité ? N'avez-vous pas choisi votre premier cadeau avec soin et n'est-il pas prometteur de jeux qui suffisent ? Ne pouvez-vous pas différer le second achat pour qu'il soit, lui aussi, unique ?

• • •

On ne renforce pas un cadeau par un autre cadeau.

Renforcer un cadeau, c'est tout autre chose.

Si vous offrez de votre temps, exprimez ce don par un objet symbolique.

Cette grand-mère chante avec son petit-fils ? Elle pourrait imaginer un cahier sur les pages duquel elle aurait collé des images illustrant les chants.

Ce serait alors un objet qui réunit, un objet *en commun.*

Son petit-fils qui ne sait pas encore lire, va s'en servir, tourner les pages, indiquer son choix...

Si vous offrez un cadeau acheté, accrochez des mots à son ruban : vous donnerez ainsi de l'envol à votre cadeau. Des mots simples qui s'adressent à l'enfant ou à ses parents si celui-ci est trop petit pour les comprendre.

J'offre une boîte à musique et j'écris :

Écoute bien la musique.
C'est un chemin intérieur dans lequel tu te découvriras...

J'offre un tonneau de blocs en bois et j'écris :

Des blocs pour inventer, bâtir, rêver, aligner,
recommencer...
comme toute vie pourrait l'être.

J'offre un mobile qui représente un oiseau :

Pour que ta vie s'envole,
pour que tu trouves des coins de ciel bleu,
pour qu'il y ait du vent dans tes journées...

Un cadeau qu'on accompagne de quelques mots est un cadeau centuplé. Les mots nous rendent humains. Ils disent notre intention. Ils façonnent la matière et lui donnent l'esprit.

La grand-mère est partie sans acheter, avec ses chansons dans son panier.

L'homme est parti, en n'emportant qu'un seul cadeau.

J'ai gagné ma journée.

L'entrée en jeu

Bien des gens disent que je rends les jeux plus beaux qu'ils ne le sont.

Quand un jeu me plaît particulièrement, je ne m'emballe pourtant jamais pour ce qu'il est... mais pour ce qu'il promet.

Autrement dit, que va-t-il produire en relation, en saveur et en surprise entre les joueurs ?

Un jeu porte en lui moins de mystère qu'un livre.

Un livre, c'est un univers qu'on se promet.

On en découvre la teneur au fil des pages...

Dans un jeu, dès qu'on ouvre la boîte, le plateau et le matériel sont révélés mais ce matériel ne deviendra vivant que lorsqu'une partie de jeu l'animera.

À la différence d'un livre, il est rarement possible d'entrer progressivement dans un jeu. La nécessité d'en lire le mode d'emploi est une exigence incontournable... à moins que quelqu'un vous fasse le précieux cadeau de vous initier en jouant avec vous. C'est un véritable cadeau car, avec l'initiation, on reçoit généralement l'enthousiasme et le plaisir de quelqu'un. Le jeu est alors comme un trésor partagé.

Je souhaiterais que chaque jeu puisse ainsi être introduit par une personne en qui vous ayez confiance. Nous pensons rarement que de tels guides sont utiles... et pourtant !

J'en fais régulièrement l'expérience avec *Les Colons de Catane*. Voici bien un jeu qu'on remet dans sa boîte dès qu'on en lit les premières lignes... Pourtant si quelqu'un vous y introduit, quelle différence ! Quelle promesse de plaisir !

Nous soignons finalement peu nos entrées en jeu.

Il n'est pas possible d'improviser un jeu de société qu'on ne connaît pas : le risque d'être déçu est d'autant plus grand que le jeu est complexe. Même si quelqu'un nous l'a recommandé, nous ne pouvons faire l'économie d'en lire la règle avant de réunir les joueurs et de la comprendre le mieux possible. Cette persévérance est toujours payante.

À la ludothèque de Vienne, Nicolas et Catherine se mettent à deux pour découvrir les nouveaux jeux. L'un lit tandis que l'autre met en place le matériel correspondant.

Pour entrer dans l'univers d'un livre, nous acceptons tous de persévérer à travers ses premières pages. Pourquoi nous donnons-nous moins de mal pour l'entrée dans un jeu de société ?

Mettons les chances de notre côté... et si quelqu'un nous garantit qu'un jeu est un grand jeu, ayons l'intelligence de ne pas le rater !

Je suggère souvent à mes clients l'échange suivant : invitez à manger quelqu'un qui connaît le jeu.

Un repas offert contre des explications qui vous plongent au cœur du jeu, c'est un échange équitable dont tout le monde est généralement satisfait !

Il fait une scène chaque fois qu'il perd...

Cris et rage. D'un revers de la main, cet enfant balaie le plateau. Les pions se bousculent et tombent sur le sol. Aux autres donc de crier ! Car ceux-là gagnaient ; ceux-là voulaient encore jouer ! Mais avec ce mauvais perdant, c'est toujours la même chose !

Dans de nombreuses familles, le scénario est semblable. Chaque fois qu'on joue, la partie finit en queue de poisson car le mauvais perdant casse le jeu pour ne pas devoir affronter sa défaite. Une fois, ça passe... mais à la longue, on finit pas ne plus vouloir jouer avec lui. Certains enfants en perdent même le goût du jeu de société et traîneront, bien plus tard, dans leur vie d'adulte, assez de mauvais souvenirs pour déclarer : *Moi, je n'aime pas jouer !*

Perdre est une souffrance

Ces scènes ne sont pourtant pas anodines, même si nous finissons par les banaliser. Il s'y joue un chant de vie que nous pourrions cultiver. Car perdre fait partie de la vie et nulle école ne nous y prépare vraiment. C'est un champ ouvert pour les parents qui en prennent conscience : en y encourageant des manières positives de perdre, ils donnent à leurs enfants et à leurs adolescents un art de gérer la réalité car nous ne pouvons être d'éternels vainqueurs.

Notre société nous provoque pourtant au contraire : place aux battants, place aux vainqueurs ! Le débat n'est d'ailleurs pas à ce niveau car gagner est bon, gagner est stimulant. Mais perdre fait intrinsèquement partie de cette joute et c'est un des grands lieux de souffrance. Chacun de nous ne collectionne-t-il pas un chapelet d'échecs qui, un jour, l'ont fait pleurer et, l'autre jour, l'ont déçu. Passent les petits ; durs furent les gros. Qui nous aidait alors ? Enfermés dans nos larmes, nous trouvions la vie injuste... et il fallait à certains des semaines pour retrouver la paix.

Cette expérience de l'échec, l'enfant la fait très rapidement dans le domaine du jeu. Dès 4 ans, s'il affronte ses parents dans un jeu de logique, il ramasse les coups et l'adulte le distance à pas de géant. *C'est injuste*, disent les yeux de l'enfant. *Papa, tu es si grand et si fort en tout. Tu gagnes et je suis l'éternel perdant.* Rien à redire : ce petit a raison. Il faut d'abord lui donner l'occasion de gagner pour pouvoir relativiser.

C'est la raison pour laquelle on proposera avec intérêt deux types de jeux de société aux petits enfants.

Lui donner l'occasion de gagner

Les premiers jeux sont basés sur la chance (jeu de l'oie, jeux des échelles, jeux de hasard et de dé). Ici, l'enfant peut autant prétendre à la victoire que son grand partenaire. Ah ! Papa vole en prison. Ah ! Maman doit aussi passer un tour si son pion s'arrête sur la case de l'oie fatiguée...

Les seconds sont des jeux basés sur la mémoire où l'enfant, dès 4 ans, va progressivement afficher une supériorité déconcertante. Les *mémos* [1] devraient être obligatoires dans toutes les familles. Très vite, vos petits bouts de 5 et 6 ans y ramassent les paires à toute allure. Et ces deux-là ! Et encore celles-là... La table se vide à toute allure et les gains de votre petit adversaire valent tous les Annapurnas du monde. Son sourire mérite la photo et votre déconfiture est merveilleuse !

Votre déconfiture : parlons-en justement ! Derrière ses haros de victoire, l'enfant épie, juge et apprécie les couleurs de votre échec.

Devenez-vous blanc de rage ? Avalez-vous de travers ? Criez-vous que ce jeu était injuste ?

Ou plutôt, *faites-vous semblant de rien ?... en ne parlant que des grandes qualités de votre adversaire ?... en passant aussitôt à une autre activité ?*

Ou encore, *êtes-vous capable de dire : j'ai perdu, tu as gagné. Levons un verre à notre plaisir d'avoir joué.*

Ou encore *: qu'est-ce que tu vas inventer pour me consoler ? Donne-moi donc un truc pour améliorer ma mémoire ou ma stratégie ?*

Autant d'attitudes différentes dont nous mélangeons les registres...

C'est bien en nous observant dans de tels moments que l'enfant apprend une part importante de la vie : comment traverser un échec ? Comment les grands s'y prennent-ils ?

---

1. Heureusement, pour briser la monotonie, il existe des jeux de mémoire très variés : *Hush hush, Mince alors, Hello Blaireau, Pique plumes et l'Escalier hanté*... en sont autant d'exemples merveilleux. Mais encore, pour ceux qui fuient les modèles branchés sur Walt Disney, il existe des mémos basés sur de très belles reproductions de peinture (Éditions Piatnik. *Mémo Art et mémo impressionnistes*). Ou encore chez l'éditeur Selecta, ces superbes motifs imprimés en sérigraphie à chaud sur des plaquettes de bois.

Comment dépasser ce qu'on perd et ce qu'on rate ? Comment père et mère composent avec cette souffrance ?

Vous êtes un modèle et si vous êtes capable de dire *j'ai perdu* sans en faire un drame, vous apprenez à votre enfant quelque chose d'essentiel sur la vie :

la vie ne s'écroule pas quand on est le perdant d'un jeu. Le plaisir d'avoir joué ensemble est plus fort que l'addition des points. Le bonheur ne se transforme pas en malheur quand on n'est pas le vainqueur d'une bonne partie de jeu.

Transposé à l'échelle de la vie, ces notions sont capitales. Car nos vies sont une succession d'événements réussis et ratés. Pour les premiers, le passage est allègre ; pour les seconds, c'est en grande partie notre regard et notre capacité de les relativiser qui nous permettront de passer à travers, en atténuant la souffrance qu'ils provoquent.

Le plaisir de jouer ensemble

Une première manière de relativiser l'échec, c'est de le replacer dans le cadre d'une histoire plus large. Nous avons d'abord et surtout eu du plaisir à jouer ensemble. La sanction finale (un vainqueur et des perdants) ne peut nous faire oublier le bonheur d'avoir été de bons adversaires et d'avoir pris du bon temps ensemble.

C'est en cela que les jeux coopératifs sont des jeux merveilleux. En nous mettant en alliance, que nous perdions ou gagnions, ils nous font traverser une expérience de plaisir commun : c'est bon de lutter tous ensemble contre la corneille [1], de sortir en s'entraidant de la tombe royale [2], de sauver le rivage de la marée noire [3]. Si nous perdons néan-

1. L'excellent jeu *Le verger*, Éd. Haba – 4 à 6 ans.

2. *T'Chang*, Éd. Casse-Noisettes – 7 à 11ans.

3. *Marée Noire*, Éd. Intered – 10 ans – adultes.

moins, c'est tellement plus léger de porter ensemble le fardeau de cet échec.

Un jeu coopératif n'est bon que s'il donne du plaisir. C'est essentiellement cette trace-là qui doit rester. Nous jouons en famille pour avoir du bonheur et non pour semer la désolation. Nous jouons ensemble parce que cela nous fait du bien et non pour nous écraser les uns les autres. En cela, les jeux coopératifs renvoient aux jeux compétitifs et les permettent autrement. Ils seront désormais joués pour le plaisir de s'affronter sans que la victoire de l'un ne ternisse le régal collectif.

Une seconde manière de relativiser l'échec est de proposer aux enfants entre 3 ½ et 6 ans des jeux où les pions n'appartiennent à personne. Je pense spécialement à la *Course des Escargots* (Éd. Ravensburger). Ce jeu fait concourir des pions colorés dont personne n'est le propriétaire.

Si Thomas obtient rouge au dé, il fait avancer l'escargot rouge d'une case. Si Cécile obtient également rouge au dé, elle aussi fait avancer l'escargot rouge d'une case. Résultat des courses : c'est un escargot qui gagne et ce sont les autres escargots qui perdent.

Je traduis : ce n'est pas un enfant qui gagne et ce ne sont pas les autres enfants qui perdent. Échec et victoire sont regardés à distance. Les petits enfants peuvent observer qu'il n'y a pas de larmes sur les joues des escargots perdants !

Ne faisons jamais le faible !

Bien intégrés, ces premiers jeux vont mener à la très grande diversité de jeux où chacun, selon son intelligence, gagnera ou perdra. Ici aussi, comme parents, nous pourrions prendre du recul sur les jeux de société que nos familles possèdent.

Sont-ils assez variés (je n'ai pas écrit *nombreux*) pour que chacun de nos enfants, notre conjoint et nous-même aient réellement, dans l'un ou l'autre, des chances de gagner ?

En n'ayant que des jeux de mots, nous défavorisons nécessairement certains. En n'ayant que des jeux de logique, nous lésons nécessairement d'autres.

Or le marché surabonde en registres différents : bluff, cartes, conquête, jeux d'argent, jeux de déduction, mélange de stratégie et de chance... Demandez donc conseil si vous ignorez cette incroyable diversité qui fleurit depuis 10 ans. Ouvrons les champs, donnons des chances à tous. Le plaisir de jouer est à ce prix et l'obsession des uns est souvent au détriment des autres.

Jouer en famille est un acte gratuit dont l'essentiel du gain devrait être la convivialité.

En registre familial, un jeu comme *Sagaland* (7 ½ – adultes) répond bien à cette variété de dons qu'on trouve en soi et parmi ses enfants : de la mémoire, de la déduction, de la magie, de la chance et une certaine intelligence mnémotechnique. Pour les plus grands, *Les Colons de Catane* (à partir de 11 ans) offrent une diversité de routes vers la victoire qui permet aux uns de tabler sur un esprit d'analyse, aux autres sur d'habiles marchandages, aux autres encore sur des points précis qui relèvent soit de la chance, soit de stratégies très pointues.

De toute manière, dans chacun de ces jeux, ne faisons jamais le faible pour laisser gagner un enfant. Nous y perdrions notre plaisir en privant l'autre d'une victoire réelle. La variété des registres permet à chacun d'être fort à tour de rôle.

D'autres voies existent aussi : donner un conseil à son adversaire alors que ce conseil va contre notre propre intérêt (c'est l'inverse de la faiblesse car nous devrons mieux nous battre). Ou encore faire équipe avec : cette merveilleuse manière de jouer ensemble, permet aux plus jeunes de réels apprentissages... tout en relativisant l'échec si nous perdons.

Jouons beaucoup avec nos enfants pour beaucoup jouer avec nos ados.

Un des grands fruits qu'on récolte d'avoir joué avec ses enfants est de poursuivre facilement cette habitude familiale avec ses adolescents. Or une telle pratique permet aux familles avec des 13-18 ans de vivre sur un plan neutre des expériences réellement intéressantes.

Se mesurer avec un adolescent dans un jeu de société est une terre dont la portée symbolique est énorme sans que cela ne se traduise par un résultat amer dans la vie réelle. Bien des pères – moi le premier – n'accepteraient pas une gifle de la part d'un de ses jeunes. Pourtant combien de fois l'un ou l'autre d'entre eux n'aurait pas envie de régler ses comptes d'une manière aussi claquante.

En jeu, les ados peuvent pourtant nous battre à plat de couture et nous donner cette gifle symbolique. Ils nous font sentir qu'ils sont les plus forts. Ils nous mettent le dos par terre et nous terrassent... sans que la vie ne s'écroule. Bon point ! Sur le territoire du jeu, bien des choses sont permises et règlent à distance l'inadmissible. C'est même bon et souvent ponctué de rires !

Ces parties de jeux avec nos ados sont en parfaite continuité avec le regard que nous essayons de porter sur l'apprentissage de l'échec comme école de vie. Si Ulli ou Lisa gagnent au terme d'une bonne et longue partie de jeu de société, au-delà des expressions juteuses par lesquelles ils peuvent clamer leur victoire, ils ne manquent certainement pas d'enregistrer notre propre manière d'être perdants. Nous connaissent-ils assez pour savoir que nous allons bouder durant une heure ? Ou s'attendent-ils aux gestes d'enfant qui surgissent en nos mains : repousser le plateau ; nous lever en bouillant ; dire qu'ils ont triché... Ils observent immanquablement notre manière de traverser l'échec et s'en imprègnent. Ils sont témoins de nos attitudes de perdants et y trouvent une part des modèles qu'ils adopteront.

Si vous désirez faire une expérience, pensez particulièrement aux conflits qui surgissent lors de l'interprétation d'une règle, en cours de partie. Les attitudes se figent souvent dans un sens ou dans un autre. Certains auront raison, d'autres tort. À cet instant précis, ces derniers font l'expérience de perdre. C'est un lieu sensible... presque teinté d'injustice. Comment réagissent-ils ? Comment nous-mêmes, dans une telle situation, nous débattons-nous ? Avec quels grognements, quelles contestations, quel consensus... ou quelles menaces pour la suite de la partie ?

Nos adolescents apprennent la vie en observant nos manières de nous relever : chez l'un, par des grands cris d'esbroufe qui en ajoutent à la bonne humeur et qui lui font tourner la page ; chez l'autre, par une parole claire qui reconnaît son échec et apprécie la victoire de l'adversaire ; chez un troisième, par sa capacité de reconnaître que ce n'est vraiment pas gai de perdre... mais qu'il n'en restera pas là !

Nous avons tous nos manières de terrasser le dragon de notre échec et nos enfants les enregistrent comme des attitudes possibles pour leur propre vie. Elles les outillent en quelque sorte pour les passes difficiles et ouvrent des avenirs pour bien des situations où ils ne se sentiront pas les meilleurs.

Il n'est dès lors pas inutile de pouvoir dire à un enfant qui vient de perdre :

— *Tu as perdu brillamment !*

Non pas que ses points étaient brillants... mais qu'il est capable de perdre sans transformer cet échec en une situation infernale pour lui-même et pour tous.

Il faut parfois oser cet acte de reconnaissance. Être homme, c'est reconnaître avec des mots ce qui est vécu. La parole fait exister la réalité autrement. Elle donne de la résonance aux attitudes spontanées. En les nommant, elle souligne et encourage les attitudes positives de nos enfants. En cela, nous leur faisons un fameux cadeau qui les marquera en profondeur et les préparera réellement à leur vie d'adulte.

Merci à Marine
qui m'a fait découvrir ce livre

Max n'aime pas perdre...

Un des petits livres de la collection *Ainsi va la vie* aux éditions Calligram, s'appelle *Max n'aime pas perdre.*

Dominique de Saint Mars et Serge Bloch y associent leur plume et leur crayon pour nous raconter diverses expériences sur la difficulté d'être perdant. Au fil des pages, nous découvrons que cette réalité soulève du reproche, de la culpabilité, des pointes de pouvoir, des versants abrupts dès qu'on se compare, des ruptures et de la solitude.

Les dialogues sont pourtant remplis de pistes pour sortir des impasses.

L'un dit : *Ce n'est pas de sa faute si nous perdons ; chacun en partage une part de responsabilité.* L'autre dit plus loin : *Pourvu qu'on rigole, je veux bien être battu !* Ou encore : *Ne peux-tu accepter d'en rater une ? Tu ne vas pas en mourir !*

Tous ces bons sentiments se révèlent pourtant inefficaces. C'est qu'ils soignent en surface une blessure extrêmement profonde. Quand la maman de Max dit : *L'important, ce n'est pas de gagner... mais de participer*, elle est encore bien loin d'une des seules paroles où le tricheur n'a pas à accomplir une performance pour s'en sortir mais simplement de s'accepter tel qu'il est parce qu'un amour réel le lui permet.

Car quelle parole peut être plus forte que celle de son père qui progresse tout autant que son fils : « *De toute manière, je suis fier de t'avoir comme fils* » ?

Observez le regard de Max qui s'allume soudain. Regardez aussi celui de son père !

Oui, il y a des défaites dont on sort gagnant.

Un jeu peut être une fête

Comment commencent vos parties de jeu de société ?

— *Maman, tu joues avec moi ?*

— *Dans un instant, Matthieu...*

C'est souvent l'enfant qui demande de jouer un jeu de société. *Maman, veux-tu jouer aux petits chevaux ? Papa, viens jouer à Monopoly avec moi ?*

Si nous ne sommes pas disponibles, une impatience s'installe chez certains enfants : *Allez, Maman, tu viens... Papa, tu m'avais promis...*

Scénarios habituels, scènes semblables dans toutes les familles : impasses, obligations, devoirs !

Et si nous retournions le problème ? En passant du dû à l'offert ? En transformant les *oui* pénibles en cadeaux *bonheur* ?

Je me souviens d'une initiation aux jeux de société que je donnais à de grands étudiants de 25 ans. En remuant leurs souvenirs pour connaître les jeux qu'ils jouaient en famille durant leur enfance, Marie, une des filles du groupe, me fit cette réponse : *À la maison, quand j'étais enfant, une soirée par semaine était sans télévision. Nous savions que ce soir-*

là était réservé à des jeux de société auxquels Papa et Maman jouaient avec nous. À voir le sourire de Marie, ce devait être un merveilleux souvenir. Un fabuleux trésor ! Dans ses yeux de jeune adulte, voilà bien quelque chose de bon que ses parents avaient instauré durant son enfance puis poursuivi durant l'adolescence.

De fait, nous pourrions faire de chaque jeu joué un cadeau. *Ce soir, après le dîner, nous pourrions jouer à Sagaland ?* [1] *— Oh ! oui ! répondent les enfants.* Et chacun de penser en lui-même : *Il y aura quelque chose de bon avant d'aller dormir !*

Cadeau ! Et s'il s'agit d'un cadeau, comment l'emballons-nous ? Quand la table a été débarrassée et que chacun a aidé à ranger la vaisselle, nous voici au rendez-vous promis. Quelqu'un a peut-être pensé à mettre une musique douce, un autre à allumer une bougie ou une baguette d'encens. Rien de tel qu'une ambiance choisie, portant à la paix et au bien-être...

Soignons ces instants-là ; ils sont précieux car ils nous accordent. Nous nous y offrons les uns aux autres un moment de bien-être et de rencontre gratuite. Un jeu joué ensemble, c'est « switcher » dans notre relation avec les enfants. Nous savons tous combien nous sommes surchargés de travail et combien notre relation avec eux est souvent *utilitaire* : as-tu fini tes devoirs ? N'oublie pas de mettre ton réveil ? As-tu rangé ta chambre ? Ramène ce livre à la bibliothèque ! Est-ce que je peux voir ton bulletin ? Pourquoi rentres-tu si tard ?

1. Sagaland : jeu de Ravensburger. À découvrir dans le chapitre « Chemins de Magie ».

Une rencontre qui ne se monnaie pas

Jouer un jeu de société, c'est s'asseoir autour d'une table pour un moment de grande gratuité. Nous prenons du bon temps ensemble. Rien ne compte pour des points. Personne n'est jugé. Personne ne devra rendre des comptes. Nous devenons père, mère, fils et filles du bonheur. Ce qui nous unit, c'est un espace dans lequel nous entrons pour vivre du plaisir ensemble.

Regardez-vous. Il y a des clins d'œil, des complicités. L'un séduit l'autre pour qu'il joue telle carte, l'autre bouscule la partie en sortant un atout. On crie fort... pour du faux, on s'excite... pour des riens, on jubile d'une richesse passagère, on s'allie, on s'écroule. Les yeux pétillent, le bonheur et l'émotion sont sur les visages. Nous goûtons nos enfants, nous guettons leurs réactions, ils nous provoquent et nous le leur rendons bien. Ce qui serait presque inacceptable dans la vie, devient farine au moulin du jeu et du plaisir.

Quels registres ! Tout est fictif... et c'est pourtant la vie. Les alliances ont beau être occasionnelles, changeantes, il en restera quelque chose de réel. Car traverser ensemble des instants de plaisir, c'est semer en profondeur et resserrer des liens dans lesquels pourront s'ancrer d'autres réalités.

Quel cadeau ! Quel moment unique !

Les enfants deviendront vite friands de telles occasions.

De là à instaurer une soirée *jeux de société* par semaine, c'est une bonne idée si elle-même ne nous prend pas au piège d'une invitation qui se transforme en obligation. Aussi, pour ne pas en devenir esclaves, sachons dire que c'est pour un temps (jusqu'aux grandes vacances, par exemple) ou que cela fera partie du rythme des mois d'hiver. Se donner des échéances pour évaluer ce qui s'est passé, est tout aussi constructif. Un père peut en profiter pour déclarer : *J'ai beaucoup de travail en ce moment, je préférerais une semaine sur deux.* La vie n'est pas figée ; elle doit aller au gré des rythmes de chacun ; elle doit respecter chaque personne. De toute manière, évaluer ensemble une pratique est une autre chance dans une famille : les enfants apprennent ainsi à prendre du recul, prennent conscience de ce qui est bon, précieux, offert, négociable.

À quoi levons-nous notre verre ?

Pensons aussi à varier les registres des jeux de société que nous proposons. Chaque enfant est différent et, si nous jouons toujours aux mêmes types de jeu, tel enfant risque d'être toujours celui qui gagne. Ce n'est pas spécialement juste !

Il existe des jeux de société très divers et nous pourrions préalablement nous poser la question : *Dans le domaine des jeux de société, où se situe la force de chacun de mes enfants ? En logique ? En habileté ? En vocabulaire ? En rapidité ? En déduction ? En imagination ? En bluff ?*

Que de registres différents ! D'où la question : *Est-ce que les jeux qui sont sur l'étagère familiale prennent bien en compte la variété de ces talents ?*

Une certaine diversité est une chance dans le domaine des jeux de société. Bizarrement, alors qu'on ne dit jamais qu'une personne a trop de livres, nous disons facilement que nous avons trop de jeux de société. Pourtant, s'ils ont été bien choisis, ils sont à même de répondre aux situations les plus diverses. Parfois nous sommes deux, parfois nous sommes trois, parfois nous sommes beaucoup. Parfois nous avons 10 minutes, parfois nous avons toute une soirée. Parfois je joue avec mon plus jeune, parfois je joue avec mon plus grand. Parfois ma relation est avec un enfant capable d'extrapoler, parfois avec un enfant plus visuel. Parfois nous avons besoin d'un jeu facile parce que nos amis n'ont pas l'habitude de jouer, parfois d'un jeu où les grands parents trouvent leur place...

Quand nous invitons toute notre famille à jouer, ne nous laissons pas piéger par la demande inconditionnelle d'un enfant qui exige tel jeu. En accédant à sa demande, nous risquons de réduire la partie à son dénouement : célébrer sa victoire et consoler les perdants. Le jeu est une terre de risque d'autant plus acceptable que nous jouons d'abord pour être bien ensemble.

Dans notre famille, il n'est pas rare que certains signes soulignent ce plaisir d'être ensemble : un verre de vin, une bière belge, une tisane... Nous ne levons pas notre verre en l'honneur du gagnant mais au bon temps que nous nous sommes donnés. Nous buvons au plaisir d'être une famille qui perd son temps à ne rien faire d'utile et qui gagne sa vie en tissant du bonheur !

Se préparer aux jeux de ses enfants ou petits-enfants

J'ai toujours beaucoup de plaisir à accueillir un jeune couple qui se prépare à la venue d'un premier enfant. Ventre arrondi, regards émerveillés, joie de l'attente sur leurs visages. Comme le sont les visites chez le gynécologue, il faudrait rendre obligatoire l'une ou l'autre visite dans un magasin de jouets, avec comme question à la clé :

— *De quels jeux rêvons-nous pour cet enfant qui va venir ?*

En élargissant la question, c'est nécessairement un projet de famille et d'accordailles qui pourrait s'exprimer à partir du point de vue des jeux et des jouets.

Chacun, dans ce couple, pourrait se demander :

Quels sont les jouets que je souhaite à mon bébé ? Quels sont ceux qui sont beaux à mes yeux ?

Les questions peuvent ensuite être répétées... mais d'un point de vue communautaire :

Quels sont les jouets que nous lui souhaitons ? Quels sont ceux qui sont beaux à nos yeux ?

Répondre à ces questions, c'est forcément répondre à d'autres :

Quels sont les jouets qui promettent réellement du jeu ? Qui nous donnera des conseils ? La mode a-t-elle raison ?

Nous n'avons souvent que notre bon sens pour répondre à de telles questions. Nous pensons qu'il suffit de suivre le mouvement. D'acheter ce qui est à acheter : les journaux ne sont-ils pas plein de publicité ? De dénoncer ce qui est dénoncé : nous n'achèterons pas le fruit de la main-d'œuvre enfantine. De veiller à la sécurité : est-ce qu'il y a la norme CE sur ce que nous achetons ?

Mais le bon sens est économe. Il ne laisse pas résonner le mûrissement des manières alternatives de voir la vie. Le domaine des jeux est pourtant héritier de l'histoire. Comme dans tous les domaines, des hommes, des femmes et des firmes, au-delà de la rentabilité, se posent des questions pleines de justesse sur le plaisir, la simplicité, la beauté, l'imagination...

Héritiers de l'histoire

Avec quels jouets ai-je joué mon enfance ? Et toi, ma compagne ou mon compagnon ?

Souvenons-nous peut-être de nos parents : quels compagnons de jeux étaient-ils ?

Dans notre réalité d'aujourd'hui

Aimes-tu jouer ? À quoi ? Et toi ?

Jouer avec un enfant, est-ce jouer comme un enfant ? Quels sont sur les rayons les jouets qui m'invitent à ce rendez-vous ?

Existe-t-il un lien entre ce que nous jouerons en couple et l'histoire du jeu de nos enfants ? Si oui, donnons-nous des occasions de cultiver ce lieu de plaisir, en lui donnant du temps et des jeux qui nous conviennent.

Comment ça se passe dans les familles autour de moi ? Certains pères, certaines mères, certains grands-parents m'étonnent-ils ? En quoi aimerais-je leur ressembler ou prendre mes distances ?

Nous sommes dans une société d'abondance. *Ai-je remarqué que les enfants autour de moi ont tout... ou trop ? Que ferai-je de ces inlassables vagues qui vont remplir la chambre de ce petit enfant ? Cette abondance est-elle une chance ou un danger pour notre bébé ?*

Peu de livres sur la maternité proposent une réflexion préalable. Sur un sujet facile, elle permet pourtant d'aborder en profondeur son projet de famille et de quitter l'immédiat des choses à penser et à préparer durant les quelques mois qui séparent encore de la naissance.

Si, néanmoins, un court chapitre est d'habitude consacré aux hochets, portiques et tapis d'éveil, c'est presque un prétexte pour aborder des considérations sur la sécurité, le développement moteur, les besoins psychologiques et physiologiques.

En restant au niveau de *ce qui convient*, les auteurs omettent souvent de souligner le registre gratuit mais tellement fécond de la relation de jeux que peuvent construire des parents avec leur enfant. Si ces derniers prennent soin de cet espace et s'y investissent, ils se mettent en prise directe avec un des lieux essentiels de la vie enfantine : celui des jeux. En s'y attachant, ils traverseront avec lui son développement et ses transformations. Ils y trouveront même une porte pour le suivre dans son adolescence alors que le propre de cet âge sera justement d'en refermer bien d'autres !

Jouer, c'est préparer l'avenir

Je pense, en effet, que des parents qui ont joué de manière régulière à des jeux de société avec leurs petits enfants (3 à 8 ans), puis plus grands (9, 10, 11 ans), s'ouvrent la possibilité de prolonger facilement cette habitude familiale quand ces enfants-là seront devenus des adolescents. Ils se seront ainsi ménagés un lieu d'intérêt commun avec des fils et des filles qui les enverront au diable dans bien d'autres domaines.

Cette disponibilité est d'autant plus facile si les parents jouent entre eux et reconnaissent dans cette expérience le bon de ce qu'ils y trouvent pour leur propre relation. Ceux-là ne devront guère se faire prier pour rejoindre leurs enfants dans le domaine des jeux de société et le nourrir, au fil des années, de nouvelles boîtes qui permettent et entretiennent la rencontre.

À cet égard, l'Allemagne nous montre le chemin. Chez nos voisins, jouer entre adultes est socialement reconnu. Or le jeu entre adultes a deux conséquences immédiates : la première est de valoriser pour les enfants ce qu'on trouve de bon pour soi-même ; la seconde est de stimuler par la demande l'offre de l'industrie, autant pour les enfants que pour les adultes. Cette situation donne en Allemagne un paysage étonnant et très différent de chez nous. La profusion d'excellents jeux de société est frappante. De nombreuses sociétés d'édition rivalisent. Les auteurs des jeux sont connus par leur nom et comme on attend chez nous le dernier Amélie Nothomb ou le dernier Ken Follet, ils attendent le nouveau KlausTeuber ou Wolfgang Kramer dont les jeux connaissent un succès égal à leur qualité. À l'instar des sorties de films dans nos pays, les Allemands sont au courant des parutions de jeux ; ils suivent l'actualité des Palmarès (Liste des 12 meilleurs jeux allemands) et fréquentent les salons et les fêtes du jeu pour tester avant d'acheter. Il n'est dès lors pas faux de dire qu'ils ont des longueurs d'avance sur nous dans le domaine du jeu et que nous avons beaucoup à recevoir d'eux si nous désirons soigner avec qualité les jeux de société que nous pourrions choisir pour nos familles et nos collectivités.

En Belgique et en France, nous sommes quelques milliers à suivre cette actualité, en passant outre l'obstacle de la langue tant nous y trouvons notre compte en plaisir et en convivialité. De ce nombre font partie quelques boutiques et de très nombreuses ludothèques. Par les choix qu'elles font dans les collections allemandes, elles mettent à notre disposition les meilleurs jeux du monde et accueillent vos demandes avec des réponses qui nourrissent réellement vos relations mutuelles.

Être éveillé à sa part de joueur

C'est la vocation spécifique des ludothèques et, en principe, elles ont du temps pour servir cet engagement. Pour les boutiques, le pari est plus difficile car, la rentabilité étant nécessaire pour la survie, l'esprit de vente prend souvent le dessus. Heureux les marchands qui savent accueillir sans vendre, tout en prenant pourtant du temps pour éveiller l'esprit joueur de ces jeunes parents en visite, pour promettre à leur plaisir des espaces qu'ils ne pourront jamais tous parcourir...

Heureux les magasins qui transforment les grands-parents en partenaires de jeux... alors qu'ils ne venaient que pour acheter un cadeau. J'ai dans ma mémoire tant de ces beaux instants durant lesquels des hommes et des femmes, à 50 ans ou plus tard, ont découvert, sous mes yeux attendris, un chemin de jeu sur lequel leur pied était soudain ferme et joyeux. Certains de ceux-là sont repartis vacillants devant le paysage qui s'ouvrait soudain devant eux et qu'ils ne pressentaient pas.

Entrez donc dans ces magasins-là, non pour faire leur fortune immédiate, mais pour toucher ce qui vous semble beau, pour comparer, pour vous régaler. Écoutez votre résonance intérieure, observez celle de votre conjoint : ce sont autant de musiques fiables dont on peut suivre la mélodie pour construire sa famille.

Vivre *avec*

Le passage de l'enfant « *existant dans mon univers* » à « l'enfant *avec* moi » est peut-être bien le passage de l'enfant dont je me soucie (un toit, de la nourriture, du bien-être, de la sécurité) à l'enfant qui éveille quelque chose de fondamental en moi et qui m'accomplit en cela.

En observant notre corps d'adulte, nous pouvons parfois percevoir les signes de ce passage. Jouer, c'est engager son corps. Jouer, c'est franchir un passage et relâcher quelque chose de notre convenance corporelle. Nous n'oserions jamais telle attitude gestuelle sans la présence d'un enfant. Ce peuvent être de petites choses : se mettre à genoux ou à quatre pattes, mettre son front sur son petit ventre, marcher comme un canard pour le faire rire...

Jean Epstein raconte cette merveilleuse histoire qui illustre avec brio ce lâcher-prise et son admission dans notre société. Il raconte que, dans la salle d'attente d'un aéroport, pour faire passer le long temps de l'attente, une grand-mère sautait à cloche-pied en tenant par la main sa petite-fille. Nous, les spectateurs, que dirions-nous d'autre devant un tel spectacle, si ce n'est : *N'est-ce pas là une merveilleuse grand-mère ?*

Imaginez maintenant que la scène a été filmée... mais que, par un procédé du traitement de l'image, on soit parvenu à supprimer la présence de la petite fille sur la pellicule. Il reste donc, pour les témoins que nous sommes, une grand-mère qui sautille à cloche-pied dans le hall d'un aéroport.

Ne dirions-nous pas alors comme tant d'autres : *Cette grand-mère n'a plus toute sa tête...*

Lors d'une conférence à Fontanes, en juin 2001, Jean Epstein [1] classait la relation *jeu* entre l'adulte et l'enfant en quatre stades qui, s'ils peuvent co-exister, témoignent de nos choix conscients ou inconscients.

- Faire jouer
- Donner à jouer
- Laisser jouer
- Jouer avec

Je ne commente aucune de ces relations car chacun y mettra ce qu'il y voit, pourvu qu'il s'interroge en profondeur sur ce qu'il vit lui-même quand il est en relation avec un enfant.

La grand-mère évoquée sait sans doute qu'elle est *ridicule* aux yeux de ceux qui la regardent. Elle fait cependant fi de ce jugement et cueille au passage l'occasion de jeu que lui permet la présence d'un enfant.

Personne ne vous demande de retomber en enfance

Jouer avec un enfant, ce n'est pas redevenir un enfant. C'est être un adulte qui joue, ce qui n'est pas la même chose. Le jeu permet de passer des frontières et de fonctionner sur des registres qui seraient en principe inadéquats si l'enfant n'était pas là.

Ainsi le « *jouer avec* » nous permet de prendre du plaisir là où nous ne le pourrions plus. L'enfant est un merveilleux prétexte pour nous éclater dans des activités rafraîchissantes dont nous n'avions jamais perdu le goût : grimper dans

1. Jean Epstein, *Le jeu Enjeu*, Éd. Armand Colin 1985.

un arbre, nous cacher sous une couverture, nous dessiner mutuellement des moustaches de chat sous le nez, construire un barrage.

La situation devient évidemment drôle quand l'enfant a déserté le jeu et que l'adulte y reste : observez la plage où quelques pères, face à la marée montante, jouent aux sentinelles solitaires pour défendre le château de sable qu'ils avaient construit avec leurs gamins...

Ces adultes-là se sont bien amusés. Au-delà de toute parole, ils ont été proches de leurs enfants. Ils ont porté les mêmes défis imaginaires... et s'ils se sont escrimés contre l'impossible (un combat contre la marée) ou pour de l'irrationnel (quelle place peut avoir une cabane dans la succession des choses d'une vie d'adulte ?), ils ont tissé une très utile inutilité :

— *Papa, referons-nous un château de sable ?*

— *Maman, viens encore près de nous dans la cabane...*

Cette capacité est promesse d'autres compagnonnages. Celui ou celle qui est un réel compagnon de jeu, se donne la chance de pouvoir être un compagnon dans d'autres domaines.

Les marrons

Ce matin, je ramasse le premier marron de septembre. Merveilleusement brun, presque doré, rond, doux, dodu. Un petit trésor que je serre avec plaisir.

En ramassant ce marron, je recueille quelques souvenirs de jeux de ma propre enfance : le lancer loin ou l'accrocher à une corde pour le faire tourner dans un mouvement d'hélice ; le peler, croquer dans sa chair dure puis le cracher ; le piquer de bâtonnets pour en faire un cheval ; canarder mes tours de blocs en bois ou le château de mon frère ; le faire danser sur une raquette ; en ramasser tant et tant que nous étions riches à mourir s'il servait de monnaie dans nos jeux d'étals et de marchands.

Nous gardions longtemps ces marrons de l'automne et, loin dans l'hiver, quand ils s'étaient déjà fripés en séchant, nous aimions leur odeur âcre de bois étrange.

Une odeur que je n'ai jamais oubliée et que chaque automne ramène dans ma vie d'homme.

Car les marrons d'aujourd'hui me racontent toujours la même histoire.

Jouer ne vieillit pas.

Croiser son enfance

Par l'un ou l'autre de ces objets (pour moi, un marron ; pour un autre, une toupie ; pour un autre encore, une catapulte ou une maison de poupée), nous avons parfois rendez-vous avec les jeux de notre enfance... et donc avec notre enfance.

Nous sommes soudain là, émerveillés, face à ce surgissement inattendu et nous l'accueillons ou non.

Pour ceux qui ont des enfants, le prétexte est facile et ces enfants sont un bon alibi : en achetant pour leurs fils et leurs filles, les parents achètent pour eux-mêmes.

— *Regardez, j'avais cela quand j'étais petit !*

Les enfants sont presque plus emplis de ce qui rayonne de leur père ou de leur mère que du jouet lui-même. *Il se passe quelque chose qui les atteint.* Le cadeau rayonne. Qu'importe presque sa qualité, un essentiel se donne.

Pour ceux qui n'ont pas d'enfants, la couverture d'une quelconque responsabilité parentale n'existe pas. S'ils savent réellement se faire plaisir, ils ramassent le marron, achètent la toupie, s'emplissent le regard de cette maison de poupée. Ils ont bien raison ; c'est aussi bon et nécessaire que du pain frais. D'autres hésitent entre le ridicule (à tort... car qui vous juge ?) et le désir irrationnel. La plupart se contenteront d'avoir croisé cette bouffée d'enfance sans penser qu'elle porte encore du sens et de l'avenir dans leur vie. Ils sont appelés à des choses plus sérieuses et ignorent la porte entrouverte. Ils se contentent de souvenirs : *Tu sais, dans cette vitrine, devine ce que j'ai vu ?*

Choisir un jouet, c'est parfois répondre à des questions

Plus j'avance dans mon métier, plus je prends conscience de *l'occasion* que représente un jeu ou un jouet dans une vie d'adulte. La plupart des jouets sont achetés comme d'autres objets : ils sont faits pour servir. Je veux dire par là qu'ils sont destinés aux jeux d'un enfant et qu'ils sont théoriquement sans lien avec la vie de l'adulte qui les offre.

Pourtant, pour peu qu'on laisse de l'espace autour d'un jouet, sa puissance évocatrice jaillit. Laisser de l'espace autour d'un jouet, c'est le choisir et savoir pourquoi on le choisit ; c'est l'aimer et s'emplir de cette plénitude ; c'est le laisser résonner dans ce qu'il réveille en nous. Notre choix n'est sans doute pas innocent et s'est peut-être fait en répondant à des questions que nous nous sommes posées intérieurement ou à des références qui nous habitent : jouets de notre propre enfance, valeurs actuelles, projets...

Ce travail de discernement est fécond pour nous-mêmes. Dans mon magasin, il est parfois exprimé tout haut et je découvre combien, en les achetant ou non, des adultes règlent leurs comptes avec leur propre enfance.

Cette fois-là, parce que nous regardions ensemble des poupées, ce père me demanda s'il pouvait *oser* une question :

— *Oh ! on a déjà dû te la poser,* me dit-il, en s'excusant presque.

— *Dis toujours...*

— *Que penses-tu des parents qui offrent des jeux de fille à un garçon... ou vice versa ?*

À vrai dire, il s'enfichait du *vice versa.* Ces poupées, comme nous le verrons, étaient un prétexte pour évoquer sa propre enfance.

Je lui donne donc mon avis. C'est une situation qui a beaucoup changé en 25 ans. Jeune père, je me souviens d'avoir participé à une formation durant laquelle 90 % des pères avaient avoué leur réticence à offrir une poupée à leur fils. Aujourd'hui, les mères ne demandent plus l'avis de leur mari et, surpris ou non, ils acceptent facilement une poupée dans l'univers de leur garçon. J'encourage souvent cet accès à des jouets plus masculins pour les filles et plus féminins pour les garçons. Ce sont des préliminaires essentiels à l'affirmation de soi et à la tendresse.

— *Tu sais, moi,* reprend mon interlocuteur, comme s'il n'avait posé sa question que pour se livrer, *quand je suis né, mes parents ont été déçus parce que je n'étais pas la fille qu'ils attendaient après trois garçons. J'ai, dès lors, eu droit à tous les jouets qu'une sœur aurait reçus. Ils m'ont même habillé en rose... et j'en ai souffert.*

Tout est dit.

Je ne raconte pas l'histoire de cet homme pour en dévoiler les blessures. Je constate simplement combien le pouvoir du jeu est puissant pour réveiller une enfance.

Entre valeurs et relation

Cet homme a d'ailleurs tant de choses à raconter. Il plonge dans d'autres souvenirs, s'emballe, rit, se souvient du bonheur. Il dévie à peine du sujet quand il me raconte l'anecdote suivante :

Un matin, il déclare à son fils de 8 ans :

— Aujourd'hui, je suis disponible ; c'est une journée pour toi ; dis-moi ce que tu aimerais que nous fassions ensemble ?

Son enfant lui répond :

— Construis avec moi un fusil.

Le père tombe de haut. Il est objecteur de conscience ; il va aux manifestations anti-missiles de l'époque ; le mot PAIX fait partie de son projet éducatif...

L'homme poursuit son histoire. *Nous avons donc construit ensemble un fusil. Ah ! qu'est-ce que je me suis amusé ! Nous l'avons découpé, arrondi, poncé. Nous avions même trouvé un système pour projeter des élastiques...*

Les jeux sont un langage si simple que les adultes y perçoivent bien les questions essentielles. Pour ce père, c'est le choix entre une rigueur qui respecterait son idéal de militant pacifique... ou d'autres valeurs qui sont celles de la proximité et du vivre ensemble.

Quand j'étais petite...

La rencontre de cet homme m'en rappelle une autre. C'était au mois d'août et la ville était vide. Pour chaque client, j'avais beaucoup de temps. Cette fois-là, une femme d'une trentaine d'années, visiblement émerveillée par l'univers du magasin, s'en donnait à cœur joie. De la table où je travaillais, j'entendais les boîtes à musique s'ouvrir, des billes suivre des rigoles, des blocs tomber dans des boîtes aux lettres, des oiseaux en bois battre des ailes...

Elle a bien joué trois-quarts d'heure.

D'autres clients sont rentrés et sortis. Elle devait être à l'écoute de ce va-et-vient car, quand elle s'est retrouvée seule dans le magasin, elle s'est approchée pour parler. C'était l'heure de midi. Nous nous sommes assis dans la petite cuisine de Casse-Noisettes, autour d'une tasse de thé et de tartines partagées.

— *Quand j'étais petite, mes parents n'ont presque pas joué avec moi. Ils m'ont eue très tard. Ma sœur aînée était de 12 années plus âgée. Aujourd'hui, je me rends compte, en étant plongée dans l'enchantement du magasin, que cette part de jeu avec des adultes m'a manqué. Maintenant que j'ai moi-même une petite fille, je ne voudrais pas répéter la même chose ; je ne voudrais pas rater ce rendez-vous... Qu'est-ce que je dois faire ?*

Mais elle avait la réponse en elle-même car elle accédait soudain, dans ce magasin de perles, de mobiles, d'encastrements, de petits fruits en bois, d'autos, de trains, de meubles pour poupées, de dînettes et de jeux de société les plus divers, à son propre plaisir et son propre plaisir rayonnait.

Jouer est créateur

Non, jouer ne vieillit pas. Chaque fois qu'il se donne, même à un adulte, il est vivant et créateur. Il apporte de quoi vivre et changer son aujourd'hui. Il permet de revenir en arrière et de régler ses comptes. Il permet d'aller vers demain en inscrivant de manière concrète dans des jeux les valeurs dont nous voulons tisser la vie de nos enfants parce qu'elles sont réellement les nôtres.

Un adulte qui joue avec un enfant, reçoit autant que cet enfant. L'un et l'autre ne reçoivent pas la même chose... mais chacun reçoit avec justesse ce dont il a besoin pour continuer sa vie.

En cela, nous les adultes, nous sommes aussi les enfants du jeu.

Tu frappes à la porte du jeu

Je suis ému ce matin : *Amnesty International* frappe à la porte du jeu.

J'accueille Dominique qui est responsable du secteur Chine. Dans le cadre de sa mission, elle héberge régulièrement des réfugiés qui ont fui la dictature chinoise. En ce moment, deux nonnes tibétaines et quelques hommes logent chez elle.

En arrivant en Europe, ils passent d'un monde à un autre. Certains diraient du Moyen Âge à une civilisation moderne... mais Dominique dit : *Ils passent d'une culture dans laquelle on parle avec le verbe « être » à une société qui conjugue spécialement bien le verbe « avoir ».*

Ainsi, lorsque nous disons « *J'ai des maux de tête* », ils disent « *Je suis mal dans la tête* ».

Dominique cherche des jeux qui seraient de bons supports pour les aider à balbutier des premiers mots en français. Je lui en recommande quelques uns. Pourtant j'ai le sentiment que chacun de ces jeux est au-delà de ses exploitations linguistiques : jouer est un langage universel.

Jouer nous réunit. Jouer nous rapproche. Jouer nous fait rire. Jouer tisse entre nous des liens de vie. Quelle porte d'entrée royale pour ces Tibétains dans notre société ! Quelle chance pour Dominique d'être soudain de plain-pied pour recevoir les trésors d'Asie que ces jeux ne manqueront pas de lui révéler !

Cette démarche, c'est « rendre le jeu » à ceux qui le demandent. Je n'ai jamais le sentiment de posséder des jeux, quel que soit leur nombre sur mes étagères. Je les préserve et je les entretiens... dans l'attente de ces appels. J'aime ce métier d'intendant.

Troisième partie

Des chemins très divers

Tu nous donnes la musique pour donner des voiles au silence,
Tu nous donnes des jeux pour ensoleiller nos quotidiens.

Sur ces deux partitions,
Nous inventons un monde de rencontres.

La bobine dit au fil :
Sans toi, je ne serais rien.
Le fil lui répond :
Sans toi, je serais emmêlé.

Les hommes et les jeux sont comme des fils et des bobines.
Mais *qui est quoi* ?
Même Freud, ce spécialiste de la bobine [1],
y réfléchirait à deux fois.

1. Freud, le jeu de Fort-Da, dans *Au-delà du Principe de plaisir* (1920).

Le voyage en bus

Il en va des jeux comme de ce voyage.

De grand matin, pour visiter une ville renommée mais lointaine, des touristes s'installent dans un bus. Une journée complète de voyage est nécessaire pour y parvenir.

Tandis que le bus prend sa vitesse de croisière et avale les kilomètres de route qui le sépare de son objectif, le soleil du matin inonde le paysage et gêne les passagers. Très vite, ceux-ci ferment les rideaux pour ne pas être éblouis.

Seuls, deux jeunes, assis tout à l'arrière, gardent le nez sur la vitre.

La matinée s'écoule rapidement car tous ont de la lecture ou débordent de choses à raconter.

Le seul incident qui rompt la monotonie de la journée est la demande insistante des deux jeunes à l'arrière d'arrêter le bus et de leur permettre de descendre.

L'accompagnateur n'y comprend rien. Ces deux-là n'ont-ils pas payé leur voyage, l'hôtel du soir et les visites du lendemain ? Mais il a beau discuter, rien n'y fait. Les deux jeunes récupèrent leurs sacs et, allant de l'avant, s'enfoncent dans la campagne fleurie.

Quand le bus finit par arriver après 700 kilomètres de paysages superbes dont personne n'a profité à cause des rideaux tirés, les touristes s'écrient : *Que c'est bon d'arriver ! Nous allons enfin profiter de notre journée !*

Il en va des jeux comme de ce voyage. Seuls ceux qui ont regardé le paysage, ont une raison de le trouver beau et, là où ça leur plaît, de s'y arrêter. Dans la vie d'aujourd'hui, beaucoup d'adultes sont comme les touristes du bus. Sur toutes les occasions de jouer, ils ferment les rideaux de leur intérêt sous prétexte qu'ils préfèrent lire, manger, écouter de la musique, regarder la télévision...

Comme les paysages variés de notre planète, la diversité des jeux est très grande. Il nous faut apprendre à reconnaître nos préférés pour pouvoir dire un jour, comme les deux jeunes du bus : *Arrêtez ! Pour nous, le voyage commence ici ! Voici notre porte d'entrée !*

(librement inspiré du
Voyage des Touristes de De Mello)

Le sculpteur

Je raconterais encore cette histoire avant de vous proposer les pages qui suivent :

La très grosse roche qu'on pouvait voir sur la place du village était là depuis toujours. Chacun s'y était habitué et seules quelques personnes âgées se souvenaient encore de toutes les solutions que la municipalité avait envisagées pour s'en débarrasser. Mais aucune d'elles n'avait été retenue car le coût de chacune était bien trop élevé.

Ce fut dès lors une bonne nouvelle quand on apprit qu'un artisan sculpteur avait fait une proposition au conseil du village. Le maire et les élus l'avaient écouté avec attention et, comme les honoraires qu'il réclamait n'étaient pas excessifs, ils acceptèrent sa proposition.

Des ouvriers construisirent aussitôt des palissades autour du rocher et, durant les mois qui suivirent, on entendit le bruit des marteaux et des burins dont se servait le sculpteur.

Vint le jour de l'inauguration. Un grand drap couvrait l'œuvre et les palissades avaient été enlevées. Tout le village était présent et le maire, après un discours d'usage, fit glisser le drap. Chacun put alors découvrir que l'artisan avait sculpté dans la roche un superbe cheval.

Or il y avait dans l'assemblée un petit garçon que son papa avait hissé quelques instants pour qu'il puisse aussi voir le cheval de pierre. Durant l'apéritif qu'on servit pour fêter l'événement, cet enfant lâcha la main de son père, se faufila entre les grandes personnes et rejoignit le sculpteur.

Ils se regardèrent mutuellement et l'enfant lui demanda : *Comment avais-tu deviné qu'il y avait un cheval dans le rocher ?*

J'aime beaucoup cette histoire car moi aussi j'ai appris, au fil des années, à deviner la promesse que représentent certains jeux. En découvrant leur matériel, en découvrant leurs règles, en les expérimentant, je devine que leur chant est au-delà du jeu : ils promettent des expériences humaines dont je voudrais rendre témoignage dans les pages qui suivent.

Chemins de magie

— *De plus, quand vous lancez les dés et que vous obtenez une paire, vous pouvez faire de la magie !*

Autour de moi, le temps s'est arrêté. Enfants et adultes savourent. Entrer dans un jeu, c'est entrer dans un univers. Nous sommes comme Alice qui passe de l'autre côté du miroir. Nous pouvons être princes et princesses, explorateurs ou magiciens. Qui n'en aurait envie ?

— *La magie, dans Sagaland*[1]*, c'est choisir entre trois choses : soit voler dans les airs, comme sur un balai de sorcière, et se poser près d'un des 13 sapins pour découvrir ce qu'il cache ; soit prendre un raccourci jusqu'au château pour répondre à la question du roi ; soit encore, et c'est le plus drôle, laisser planer un doute sur ce qu'on va faire... puis, de manière intraitable, refuser la question du roi et lui en demander une autre, en mélangeant le talon.*

– Sagaland –

1. De Alex Randolph, Éd. Ravensburger, coll. allemande

Les bons jeux ne vieillissent pas. Il y a 20 ans que nous découvrions *Sagaland* (*meilleur jeu allemand de l'année 1982)* et c'est toujours le même enchantement. Autour de moi, le temps s'est arrêté. Chaque enfant rêve déjà d'être dans la forêt magique. Chaque adulte comprend qu'il vient de découvrir un de ces jeux familiaux qui ravit les deux camps : celui des enfants qui plongent aussitôt dans la quête avec tout ce qu'elle comporte (des dés, des cases, des combinaisons, de la mémoire, des mauvais coups, de la magie) et celui des adultes qui apprécient une double dynamique : la qualité du scénario et de ses règles ainsi que le réel devoir d'être intelligents ou, pour le moins, astucieux s'ils veulent être la hauteur.

Car, finalement, si la magie est la poudre qui séduit, ce sont finalement les rebondissements du jeu qui entraînent notre adhésion.

La magie nous invite

La magie n'en reste pas moins un lieu qui nous réunit. Regardez autour de vous : si, dans une galerie commerciale, un magicien se donne en spectacle, tout le monde s'arrête. Irrésistible ! Les enfants parce qu'ils aiment plonger dans cet univers qu'ils confondent volontiers avec la réalité et les adultes parce qu'en eux, deux désirs se combinent et les tiraillent : à la fois cette sempiternelle surprise d'être attrapés par la magie et, tout en même temps, cette logique qui leur dit : *il y a un truc, puis-je le deviner ?*

Deux souvenirs particuliers me relient à cet univers :

Au Salon du jouet de Nürnberg, dans les allées anglaises, de grands magiciens opèrent pour que des acheteurs potentiels s'intéressent aux coffrets de magie des firmes qui les emploient. L'attroupement est garanti... et nous sommes pourtant dans un monde d'adultes et, bien plus, d'hommes d'affaires. C'est donc un public en costumes et cravates, avec attachés-cases. Prenez un brin de recul et regardez la scène. Le monde sérieux se suspend au spectacle. Ces hommes et ces femmes pressés, qui achètent ou achèteront durant cette journée pour des millions d'euros, coupent soudain avec toute réalité logique et s'enfoncent, tels des petits Poucets, dans le jeu du magicien. Ils sont dupes tout en restant adultes. Ils en prennent plein les yeux tout en essayant de débusquer l'invisible astuce. Jusqu'au moment où l'un d'eux regarde sa montre et, contrit ou contrarié, se force à quitter l'enchantement pour rejoindre son prochain rendez-vous.

Dans le magasin où je travaille, la même fascination touche avec la même force les parents présents lorsque je présente un tour de magie à un enfant. Non que ce soit leur enfant, non que ce soit leur affaire... mais les voici qui oublient soudain leur préoccupation immédiate (chercher un cadeau), se retournent sur le spectacle offert et entrent en une fraction de seconde dans le jeu *séduisant/séduit*. Dans un magasin de jouets, le merveilleux et l'irréel sont admissibles. Le prétexte du jeu permet d'autres prétextes. Des portes qui nous relient à l'esprit de l'enfance n'ont jamais été fermées. Dès lors, lorsqu'un courant d'air les fait claquer, spécialement dans un cadre où tout nous porte à de tels liens, nous lâchons cette retenue de logique qui nous colle à la colonne !

L'autre scène se passe en Inde. Nous voyageons en famille, avec nos trois enfants. Nous sommes dans un village, attendant un bus qui n'arrive pas. Nous avons donc pris nos aises et, pour occuper le temps, j'ai soudain en main un tour d'illusion qui amuse mes enfants et surprend les passants. Ce ne sont pourtant que deux baguettes et quelques ficelles qui m'obéissent au doigt et à l'œil.

Le spectacle crée immédiatement son effet. Aux deux ou trois curieux qui regardent s'en ajoutent quelques autres puis de nombreux autres. Ils seront finalement une trentaine, formant un attroupement serré d'hommes et d'enfants dont je suis soudain effrayé. Autour de moi, trente visages sérieux qui me prennent trop au sérieux. Trente paires d'yeux noirs dont je ne peux deviner les sentiments mais qui me regardent avec une intensité rare ! À vrai dire, je ne m'attendais pas à bousculer de manière si impromptue l'ordre de la vie !

Pour de nombreux adultes, la magie est une porte d'entrée facile dans l'univers du jeu. C'est un rendez-vous irrésistible. C'est un saut facile à faire car la séduction nécessaire pour trouver leur propre plaisir... est immédiate. Ils quittent tout raisonnement intellectuel et chevauchent l'enchantement.

C'est donc de bonne guerre que je présente régulièrement des jeux de société dont une des caractéristiques est précisément un élément magique. Ce dernier a peu de choses à voir avec les manipulations des magiciens que je viens d'évoquer. Son *peu de magie* suffit pourtant pour séduire.

Voyez les yeux qui se colorent d'une attention nouvelle ! Voyez le désir qui s'écrit sur les visages ! La magie ne serait pourtant rien sans ma complicité avec l'auteur réel du jeu. Il n'a pas besoin d'être présent : j'entre dans son jeu et nous sommes soudain deux larrons qui nous renvoyons la balle du plaisir.

— *Épatant !* disent ceux qui m'écoutent.

Ainsi des éléments comme la pirouette

effrontée que se font les coccinelles dans *Au bal masqué des Coccinelles* [1], le coffre aux 24 tiroirs secrets *de Maîtres Voleurs* [2], le miroir magique *Dans la forêt des Contes* [3], le rôle du magicien, du voleur ou de l'assassin dans *Citadelles* [4], les cachettes secrètes dans *Pat le pirate* [5] et parfois aussi la glace qu'on brise d'un coup de harpon dans *Kayanak* [5] nous font quitter, avec plus ou moins de réussite, la rationalité de la vie et nous convient à nous enfoncer sur des chemins irréels mais enchanteurs.

J'y vois deux raisons mais nous prenons le paquet d'un coup : d'une part, cette dimension de magie qui n'est pas disponible dans le réel mais parfaitement accessible dans un jeu : d'autre part, ce désir de merveilleux dont nous les parents voulons emplir notre vie de famille.

Face à cela, courant pourtant vers un même rendez-vous, enfants et adultes partent d'endroits différents. Les enfants ne se posent aucune question : ils sont déjà dans le jeu, ils sont déjà dans l'univers, ils brandissent déjà les baguettes, ouvrent les coffres, interrogent les miroirs. Les adultes partent nécessairement d'un autre lieu. Ils se disent que ce n'est qu'un jeu et qu'ils peuvent donc aussi franchir la porte de l'impossible, enfourcher la monture des illusions et galoper sur ces instants de rêve.

C'est alors que la plus grande magie opère en ces adultes : en réalité, ce n'est pas celle du thème mais bien de ce qui se passe au niveau de leur relation et de leur rencontre ; ils

1. *Au bal masqué des Coccinelles*, de P.P. Joopen, Édition Selecta (Allemagne).

2. *Maîtres voleurs*, de Czarné, Éd. Zoch.

3. *Dans la Forêt des Contes* (Im Marchenwald), de Markus Nikisch, Édition Adlung. Jeu de cartes.

4. *Citadelles*, de Bruno Faidutti, Édition Multisim. Tout un chapitre est consacré à ce jeu : « Citadelles : changeons de rôle ! ».

5. *Pat le Pirate* (de W. Kramer) et *Kayanak* (de P.P. Joopen) sont 2 jeux des éditions Haba.

sont soudain très proches de leurs enfants tout en étant honnêtes avec leur propre plaisir ; ils s'embarquent sur des terres merveilleuses dont les noms sont *plaisir partagé* et *plaisir de se faire plaisir.*

J'encouragerai toujours un père, une mère ou un éducateur à *faire de la magie* avec un enfant. Apprendre à deux des illusions, se les répéter l'un devant l'autre, les ajuster, en découvrir d'autres, préparer un enchaînement pour un spectacle, tenir ensemble un secret, c'est se créer une complicité étonnante. Peu d'enfants sont capables d'aborder la magie sans la consommer ou la trahir. Avec un adulte, cette prouesse devient possible.

Ce compagnonnage est infiniment riche. L'enfant, tout en se confrontant à la rigueur, découvre un frère de jeu inestimable. L'adulte, sous le prétexte d'être là pour l'enfant, s'autorise à laisser revenir en lui le flux de cette enfance qui l'habite toujours. Ensemble, ils vivent quelque chose de vrai alors qu'ils ne cessent de jouer *à faire semblant.*

Chemins visuels

Les jeux visuels devraient être l'arc-en-ciel de l'espoir pour ceux qui sont persuadés qu'ils n'aiment pas jouer. Ceux-là me disent souvent lorsque je les invite à joindre un groupe de joueurs : *je préfère regarder !*

Je sais dès lors quel piège leur tendre pour faire naître en eux ce brin d'amusement qui les émerveillera eux-mêmes. Puisqu'ils aiment regarder, il suffit généralement de passer par un jeu visuel.

Un des meilleurs (épuisé depuis juin 2002) ne se laisse emprunter que dans les ludothèques qui l'ont acquis ces dernières années. Si vous le trouvez malgré tout, n'hésitez pas un instant et passez outre sa boîte démodée, en gros carton jauni. Il s'appelle *Triangel* (nous disons en français *Triangle*).

Le matériel peu engageant de *Triangle* [1] cache, en effet, un monument du jeu de société. Je devrais presque dire : un monument si gros que personne ne le voit !

On me dit d'ailleurs souvent : *Vous m'aviez conseillé Triangle et je l'ai acheté. Mais, à vrai dire, je n'arrive pas à rentrer dedans.*

---

1. *Triangel* (de Hannapel) ne se trouve qu'en ludothèque. Le jeu *Schau Genau* (Éd. Kosmos) permet de jouer un mécanisme semblable.

Ce sont des termes polis pour me dire : *Vous m'aviez promis du plaisir et je n'en ai rien reçu !*

À vrai dire, j'aime cette provocation : elle me place au cœur de mon métier et me fait penser que cette personne n'est sans doute pas arrivée au cœur du jeu.

Certains jeux demandent un engagement de la part de celui qui les offre

Je lui dis donc : *Asseyons-nous, nous allons y jouer !*

Elle me répond généralement : *Non ! Contentez-vous de m'expliquer !*

Ma réponse fuse, immédiate : *Je ne peux pas vous faire aimer Triangle si nous ne plongeons pas dans une partie réelle. J'ai besoin de vos yeux, de vos mains, de votre vivacité, de votre affolement (!)... pour que le jeu passe en vous !*

La personne cède. Pour la cinq millième fois de ma vie, j'ouvre donc la boîte et verse les 64 pièces triangulaires sur la table. La règle est vraiment simple : deux triangles s'assemblent quand on les pose côte à côte et que les correspondances de chaque couleur sont justes : *vert avec vert et jaune avec jaune,* par exemple. J'accompagne mon explication en poussant concrètement deux triangles l'un contre l'autre et je peux lire dans les yeux de la personne qui me regarde qu'elle comprend : *Oui, c'est vraiment très simple... mais pourquoi aurait-on du plaisir avec ça ?*

Nous sommes sur la bonne voie.

– Triangle –
Schau genau (éd. Kosmos)

D'autant plus que c'est précisément sur cette règle très simple et toujours la même que vont se jouer des jeux divers dont une des variantes (*Tempo)* est affolante. J'explique donc au passage la mosaïque pour les petits enfants, les casse-tête pour les adultes (*des dizaines d'heures pour réaliser un triangle ayant 8 pièces extérieures sur chaque côté)*, le domino sur le plateau qu'on jouera calmement avec des plus jeunes.

De cette manière, la personne qui m'écoute, entre progressivement dans la logique du jeu et comprend. Dans la transmission des jeux, il n'y a pas d'autre secret que de se mettre à la hauteur de ceux qui découvrent. Cela passe par un chemin qui puise dans une réserve d'images, d'outils, de comparaisons, de mots simples, d'exemples, de gestes... et c'est donc un métier.

Transmettre un jeu, c'est être attentif à l'ouverture de celui qui écoute, bien percevoir les jalons de sa compréhension et les questions qui naissent sur ses lèvres. Je le sens à présent prêt à jouer à *Tempo*, la meilleure des variantes de Triangle.

Nous sommes trois ou quatre autour de la table. Chaque joueur reçoit une douzaine de pièces triangulaires et cherche à être le premier à les réunir en un motif (quel qu'il soit) dont toutes les correspondances intérieures doivent être justes. Mes partenaires comprennent aisément l'objectif recherché : les manipulations sont très simples. Le round démarre. Les doigts poussent, écartent, essaient, changent de place, recommencent, râlent, jubilent... Chacun s'emmêle avec sa droite et sa gauche. Certains perdent leur temps en tentant de réaliser des rosaces. D'autres crient que c'est impossible ! Pourtant ce n'est qu'une affaire d'yeux et de composition visuelle. Si cette pièce ne va pas là, elle va certainement ailleurs.

Soudain quelqu'un crie : « *J'ai réussi !* ». Le round s'arrête aussitôt. Plus personne ne peut modifier son jeu. Chacun sort de la folie dans laquelle ses doigts et ses yeux viennent d'être plongés. Le meneur compte alors le nombre de pièces non placées par chaque participant, chacune d'elles valant un point négatif.

— *J'avais un mauvais jeu*, dit l'un en comparant avec son voisin.

— *Je n'avais pas assez de pièces*, réplique un autre.

— *J'adore !* crie un troisième.

— *C'est génial !* déclare celui qui a gagné.

Je laisse mousser l'ambiance et les relents d'injustice. En jeu, j'adore provoquer ! De fait, je n'ai pas donné le même nombre de pièces à chaque personne. Pourtant *Triangle* est un jeu profondément juste. Car avant que le round suivant ne commence, chacun mélange les pièces qu'il avait reçues et les passe à son voisin de gauche. Les tas tournent donc et il n'y a aucune injustice puisque chacun est confronté, au fil des rounds, aux mêmes nombres et aux mêmes difficultés.

Des sourires s'allument. Le stress en jeu est plaisir. Il s'appelle en réalité ambiance, affolement, débordement. Les yeux pétillent. Certains découvrent aujourd'hui un jeu parfaitement à leur hauteur. Ils sont rejoints.

Ne nous leurrons cependant pas. Le véritable cadeau qui leur parvient, c'est l'engagement de quelqu'un qui a tout fait pour que le plaisir de ce jeu leur parvienne, en décomposant, en donnant des images, en entraînant...

Les jeux dans leurs boîtes ne sont que des objets. Ils ne s'animeront qu'en étant confiés à des « réveilleurs », à des « passeurs de plaisir », comme un vitrail fait passer la lumière.

Qui sera sur votre chemin ?

On entre en jeu si on découvre un jour sur sa route un de ces réveilleurs. C'est parfois un père, une mère, un grand-parent, un animateur, un ami, un professionnel... Si vous n'aimez pas jouer, espérez un jour en rencontrer un.

Ou mieux, cherchez-le ! Ils se reconnaissent à la douceur qu'ils auront pour vous ; à la clarté de leurs mots ; à leur enthousiasme irrésistible.

J'en connais de nombreux. Ceux-là sont capables de voir avec précision l'endroit où se trouve quelqu'un dans son rapport au jeu et de reprendre le fil de sa route là où il doit être exactement repris : sur le lieu de son plaisir ou de son non plaisir, sur le lieu de son désir et des questions qui le déroutent.

En recourant à des jeux visuels, ils augmentent réellement leurs chances de séduire et de faire passer l'enchantement. Le visuel est une forme d'intelligence que la plupart d'entre nous maîtrise de manière innée. C'est pour cela que des jeux comme *Œil de Lynx, Take it easy, Tantrix, Ta Yu, Triominos, Génial et Quoridor* [1] conviennent à presque tous les publics. Un jeu visuel fonctionne comme un jeu de cache-cache qu'on verrait par au-dessus. Les yeux mettent ensemble... et c'est gagné. Il faut bien sûr d'autres ingrédients pour que le jeu devienne jeu et c'est pour cette raison que l'un défie le temps, l'autre nous embarque dans des paris, le troisième

– *Quoridor* –

1. *Œil de Lynx*, Éd. Educa.

Tantrix, de M. Mcmanaway, Édition Tantrix, France (nombreux casse-tête visuels + un jeu de société).

Take it easy, de Peter Burley, édition Ravensburger, collection allemande, règle en français d'origine.

Ta Yu et *Génial* (de Knizia), édition Kosmos, Allemagne.

Quoridor, de Mirko Marchesi, Éd. Gigamic.

nous rend fous car c'est extrêmement simple sans que nous y parvenions.

Les jeux visuels parlent un langage commun

Le visuel est aussi un langage commun à toute l'humanité quelles que soient les langues de ceux qui se rencontrent. Seriez-vous étonnés si je vous dis le succès des parties de *Triangle* à Goulmima au Maroc, avec des personnes âgées qui ne parlent que berbère ? De ces autres parties dans un village reculé au Laos où nous étions assis sur le bambou des terrasses avec les jeunes filles et les mères ? D'autres encore tout aussi endiablées dans des lieux de vacances avec des Hollandais, des Espagnols, des Coréens, des Indiens ?

Un *petit bac* visuel

Il existe un autre jeu visuel que je vous recommande particulièrement. Il s'appelle *Kaleidos* [1]. En quelque sorte, c'est un rendez-vous d'images. Il se joue avec des nombres allant de 2 à 20 joueurs. La simplicité de son mécanisme garantit son succès. Une roulette indique une lettre et, comme dans le jeu du *Petit Bac*, chacun devra chercher visuellement sur son image le plus de mots qui commencent par cette lettre. On ne puise donc pas dans sa réserve intellectuelle mais on parcourt des yeux un univers qui est abondamment illustré sur une planche en couleur. En réalité, chaque planche est un dessin de synthèse, fourmillant de détails, qui restitue soit une collection d'objets, soit un univers de conte de fée, soit encore une scène de science-fiction, un intérieur d'atelier, un regard sur l'espace...

1. *Kaleidos*, Éd. EG Spiele (difficile à trouver).

Les consignes sont simples : trouver des choses illustrées commençant par la lettre imposée. Par exemple, **M** comme Manche, Marin, Miette, Mécanique, Marmotte... Le seul critère d'exactitude est qu'on puisse réellement voir l'objet cité. Il ne devrait donc pas y avoir de contestation possible et, normalement, chacun trouve des réponses. Le jeu pousse cependant beaucoup plus loin car chacun est en droit de nommer les catégories qu'il voit. À titre d'exemple, si un joueur voit une *marmotte*, pour cette même lettre **M**, il peut aussi dire *mammifère* puisqu'on voit bien, en l'occurrence, un mammifère. Bien plus, en cherchant dans les détails de l'illustration, il découvrira peut-être aussi les mots *moustaches* et *museau*, autres noms valables puisqu'ils commencent également par la lettre **M**.

Le jeu s'élargit ainsi tout en restant objectif : un mot n'est valable que si on en voit réellement l'illustration. Il n'est donc pas question de dire *ailes* si celles-ci sont complètement cachées derrière un ange qu'on verrait de face.

Un jeu n'est jamais ludique par son seul aspect visuel. Si *Kaleidos* est plaisant à jouer, c'est parce que cette approche visuelle se combine avec d'autres facteurs : un laps de temps défini pour jouer (présence d'un sablier) ; la concurrence et la rapidité des autres joueurs ; certaines audaces dans les interprétations d'une image et le vocabulaire inopiné qu'on y colle. Chacun d'eux fait le sel et le poivre des rounds qui se succèdent.

Découvrez certains jouets les yeux fermés

Nous sommes dans une société très visuelle. Lorsque des personnes choisissent un hochet pour un bébé, elles choisissent généralement avec leurs yeux. J'aime alors les inviter à d'autres accès. Si une mère me demande un hochet et qu'elle a confiance en moi, je lui demande de fermer les yeux et de me tendre les mains. Tout en y déposant un hochet, je lui demande de le découvrir en *le devinant* et en le manipulant. J'ai généralement choisi un jouet agréablement arrondi dont la structure élastique – le skwish [1] ou le carré souple [2], par exemple – permet de s'émerveiller d'un mouvement qu'on perçoit d'autant mieux qu'on ne le voit pas. Privés des yeux, nous faisons mieux fonctionner d'autres perceptions. Nous accédons ainsi autrement à la douceur, à la forme et au relief des pièces.

Cette proposition va à contre-sens d'une société dans laquelle *on ne touche pas !* Par respect, par hygiène, par convenance. Du coup, nos repères visuels sont renforcés voire exacerbés ; ils fonctionnent par automatisme, sont naturels, faciles, rôdés... Nous jugeons parce que nous voyons ; nous désirons en voyant ; nous mémorisons d'avoir vu.

Construire une tour les yeux fermés

Dans l'art de jouer sans voir, ne manquez pas de découvrir le jeu *Visionary* [3]. Les joueurs se partagent en deux équipes. Dans chacune d'elles sont désignés un guide et un bâtisseur. Le bâtisseur se bande les yeux tandis que le guide reçoit une carte avec le plan d'une tour à construire. Il met à disposition de son partenaire une douzaine de blocs et, en n'utilisant que des mots, le guide pour qu'il bâtisse la tour illustrée sur la carte.

1. Skwish, un hochet en bois unique dans son genre. Fabriqué par Manhattan (USA).

2. Le carré souple, un hochet en bois de la marque SELECTA (réf. 1401) – Allemagne.

3. *Visionary*, de Ron Druben, Éd. Schmidt (difficile à trouver).

Très vite les guides découvrent combien leur usage des mots doit être précis, combien l'intonation de leur voix peut aider et encourager un bâtisseur. De leur côté, les bâtisseurs n'ont d'autre choix que d'entrer dans la confiance, en faisant l'expérience d'un défi dont les seules clés possibles sont l'écoute attentive et la coopération.

L'appel des prénoms

Dans les sessions que j'anime régulièrement sur les jeux, je propose parfois de vivre une expérience très simple. Les joueurs forment des paires en se choisissant mutuellement. L'un d'eux s'assoit sur une chaise et l'autre, les yeux bandés, se place à l'autre extrémité de la salle. Au signal, celui qui est assis, appelle très doucement et de manière continuelle son partenaire par son prénom : à peine un murmure audible. L'activité pour l'appelé est de rejoindre l'appelant mais, ce que je n'ai pas dit, c'est que 10 paires jouent en même temps, ce qui mélange les prénoms en un brouhaha pour le moins confus.

Chaque appelé fait pourtant cette expérience merveilleuse : distinguer son prénom des autres et se diriger sans beaucoup d'hésitation vers celui qui l'appelle.

À voir les visages radieux et les mains qui se joignent quand les uns et les autres se retrouvent, c'est une activité très belle, pacifiante, qui nous dit en notre être le plus intime combien nous sommes uniques au monde.

• • •

Les jeux visuels devraient être privilégiés par ceux qui n'aiment pas jouer et qui désirent sortir de cette impasse.

Chemins de mémoire

Nos jeux avec les petits enfants nous l'ont appris : ils ont une mémoire incroyable !

Ne nous en privons donc pas : grâce à cette mémoire, ils parviennent à nous battre sans que nous devions nous laisser faire. Voilà qui est bon pour leur image personnelle et pour leur santé ludique !

Si vous désirez varier les jeux qui mettent en valeur cette aptitude, je vous en recommande particulièrement certains que vous utiliserez selon leur âge.

Au carrefour de la différence

Le premier s'appelle *Main dans la Main* [1]. 36 plaquettes en bois sont posées sur la table et chacune d'elles cache l'illustration d'un enfant du monde. Chacun, quand c'est son tour, tente de trouver sous l'une de ces plaquettes un enfant qui correspond au résultat des

– Main dans la main –

1. *Main dans la Main* (Éd. Selecta) – 3 ½ ans - 7 ans (1 à 6 joueurs).

deux dés : par exemple, un petit garçon sans chapeau ; par exemple encore, une petite fille avec chapeau. Le matériel est très beau et les illustrations imprimées sur le bois mettent en couleur des enfants du monde entier. Ces enfants peuvent se donner la main en s'accrochant les uns aux autres comme dans un domino : ils forment ainsi une farandole qui donne une image positive de la rencontre interraciale.

Des sorcières volages

Le second s'appelle *Husch Husch* [1], que les traductions traduisent généralement par *Petites Sorcières*. Dans ce jeu, les enfants tentent de faire monter cinq sorcières vers le sommet d'une colline. Les sorcières sont toutes de couleurs différentes... mais personne ne sait *qui est où* car chaque sorcière porte un chapeau semblable. Le jeu se joue sur 7 cases et la technique est simple : le dé indique au joueur la sorcière qu'il peut faire progresser. Sait-il où elle se trouve, il pourra rejouer. Se trompe-t-il cependant, son tour s'arrête aussitôt. Un jeu moins facile qu'on ne le pense car il y a une double flèche sur une des faces du dé. Quand elle apparaît, elle crée du remue-ménage car deux sorcières permutent : ce qui donne de fameux rebondissements dans les repères que chacun tentait d'avoir !

– *Petites sorcières* –

1. *Husch husch*, de Heinz Meister, (Éd. Ravensburger) – 2 à 10 joueurs (4 ½ ans – adultes).

Du rififi dans le poulailler

Plus compliqué mais délicieux, *Pique Plume* [1] nous emmène au poulailler. Chaque joueur possède une superbe poule en bois dont l'atout le plus envié est une plume qu'elle arbore fièrement. Qu'elle la surveille cependant car, dans ce jeu, chaque poule est une rivale pour sa voisine et tente d'en plumer le toupet ! Elles se courent donc les unes derrière les autres sur un circuit circulaire, ce qui revient à dire qu'on s'enfuit tout autant qu'on poursuit. L'originalité du jeu vient cependant de son recours à la mémoire : la poule d'un joueur ne progresse que si son propriétaire trouve, parmi les cartes posées au milieu du cercle, celle qui fait la paire avec la case à franchir. Autrement dit, on ne progresse qu'avec sa mémoire. C'est simple et remarquable. En début de partie, les recherches se font au hasard ; très vite cependant, les informations reçues servent au bon moment pour le plus grand plaisir des enfants et le plus grand désespoir de la plupart des adultes !

– Pique Plume –

Dans la forêt des contes

Ce jeu diffère des autres par son cadre coopératif [2]. Les joueurs s'entraident pour sauver une princesse en lui apportant 7 objets cachés dans la forêt. Ils gagnent tous ensem-

1. *Pique Plume*, de Klaus Zoch, (Éd. Zoch) ou *Zicke Zacke* (Titre allemand) : 4 joueurs (5 ans – adultes).

2. Voir le chapitre consacré aux jeux coopératifs. Ce jeu de cartes est édité sous son nom allemand *Im Marchenwald*, de Markus Nikisch, (Éd. Adlung) mais contient une règle française. (À partir de 7 ans).

ble la partie s'ils y parviennent avant que 7 nains ne les devancent dans ce projet.

64 cartes étalées sur la table forment une forêt dans laquelle s'enfoncent les joueurs. Chaque nouvelle partie leur indique le premier objet à trouver. En le cherchant, les joueurs découvrent d'autres objets dont certains seront peut-être utiles dans la suite de la partie. Ils ont dès lors intérêt à en retenir l'emplacement, ce qui n'est réalisable que s'ils organisent une mémoire collective et se partagent des zones à retenir.

Un graphisme digne des meilleurs contes de fée, des miroirs magiques dans lesquels on voit le prochain objectif, des sorcières qui brouillent les pistes et des corbeaux qui volent des objets déjà gagnés sont autant d'ingrédients réussis pour ce jeu de cartes qu'on emporte partout et qu'on joue avec des groupes de 2 à 10 joueurs.

Poursuivis par des fantômes

Meilleur jeu d'enfant en Allemagne en 2004, *l'Escalier Hanté* [1] est une course dans un escalier. Qui parviendra le premier tout en haut de la tour ? En début de partie, chaque joueur suit et favorise aisément la progression de son pion. Cependant deux faces *fantôme* sur le dé créent des événements : d'abord la disparition des pions sous des robes de fantômes qui se ressemblent ; ensuite des permutations entre les fantômes, ce qui fait souvent croire qu'on avance le fantôme qui couvre son pion alors que c'est celui d'un adversaire.

– L'escalier hanté –

1. De Michelle Schannen, Éd. Drei Magier (2 à 4 joueurs, à partir de 5 ans).

Produit par une des meilleures firmes de jeux de société, les éditions Drei Magier (Les trois magiciens), le matériel superbe est en bois et vous entrouvre la porte de tous les très beaux jeux de cette collection : *Ciao ciao, De bons amis, La joyeuse bande des petits cochons, la Nuit des Magiciens* et tant d'autres !

Mais aussi des jeux de mémoire pour les adultes !

Également primé, *Le Trésor du Dragon* [1] provoque à la fois notre sens de la mémoire et notre gourmandise en déployant sous nos doigts les dalles d'une salle sous lesquelles se cachent des dragons, des trésors et des araignées.

L'originalité du jeu vient de la possibilité de gagner des trésors qui ne se gagnent que s'ils sont réunis selon des critères précis : les voitures par deux, les poupées par trois, les chandeliers par quatre, etc. Elle vient également de la possibilité pour le joueur d'arrêter sa recherche selon le risque qu'il veut encourir : soit rapidement, en se contentant de peu, soit plus tard afin d'obtenir davantage mais au risque de tout perdre si sa main découvre un dragon ou une araignée.

Entre grands-parents et petits-enfants

La collection *Nobile* de l'éditeur Selecta propose quelques titres qui s'adressent aux personnes âgées. Toutes ces boîtes sont très soignées (belles illustrations, matériel en bois facile à prendre) et l'une d'elles s'appelle *Damals & Heute* [2] (Hier et aujourd'hui). Chaque paire à trouver met en scène le même objet, l'un datant du début du siècle et l'autre

1. Éd. Winning Moves (2 à 6 joueurs à partir de 7 ans).
2. Éd. Selecta-Spielzeug (2 à 4 joueurs, 4 ans – adultes).

– Le jeu de mémoire « Hier et aujourd'hui » –

d'aujourd'hui. Sont ainsi réunis un vieux téléphone et un portable, une vieille machine à écrire et un ordinateur, une auto de l'ancien temps et une voiture récente, un journal évoquant la guerre et une gazette des années 2000...

La dimension de mémoire se joue dès lors sur un double plan : celui du jeu lui-même puisque les personnes âgées doivent se concentrer pour trouver deux emplacements qui correspondent... mais aussi celui des souvenirs de leur enfance. Ce superbe jeu, quand il est joué entre grands-parents et petits-enfants, devient souvent une occasion de partage, de paroles et d'évocations.

Chemins d'intériorité

— *Ce soir, après le repas, nous jouerons à un jeu mystérieux.*

Les enfants sont ravis. Aussi, dès que la table a été débarrassée par tous, l'un ou l'autre ouvre la boîte bleue de *Marchand de sable*, en déplie le petit plan et pose la figurine de l'ensommeilleur sur la case de départ.

— *Qui veut quelle couleur ?* demande Papa.

Chacun choisit celle qui lui plaît et prend les trois pions en bois de couleur correspondante. Sur chaque pion, quelle que soit sa couleur, il y a une *même* étoile blanche.

Le jeu est très simple. Durant sa première partie, chaque joueur, quand c'est son tour, lance le gros dé et fait progresser le marchand de sable d'autant de cases que de points obtenus. Ce personnage en bois avance sur un petit circuit, dans le sens des aiguilles d'une montre. La case sur laquelle il s'arrête indique la zone où le joueur pose un de ses pions étoilés.

– Marchand de sable –

C'est aussi simple que cela. Chacun joue, fait progresser le marchand de sable et pose un pion de sa couleur. Ainsi, round après round, les étoiles garnissent le plateau. À présent, elles sont toutes posées.

— *Le marchand de sable est fatigué,* raconte encore Papa. *Il s'endort ! Remettons-le dans la boîte...*

Chacun devine que la première partie du jeu est terminée et, s'il connaît le jeu, se réjouit de ce qui va advenir maintenant. En effet, on éteint la lumière et l'obscurité envahit la pièce. Seules les étoiles phosphorescentes restent visibles. Les cases et les pions se sont fondus dans le noir et bien malin est celui qui sait encore où sont ses propres pions.

Papa annonce la seconde partie du jeu par la phrase tant attendue : *Quelle est l'étoile qui va briller le plus longtemps dans la nuit ?*

Chaque enfant espère que ce sera la sienne. Quand c'est son tour, durant cette seconde phase, il enlève simplement une étoile du plateau et « l'éteint » en la posant à l'envers sur la table. Il espère, bien sûr, que l'étoile qu'il retire n'est pas une des siennes. Mémoire ou hasard : dans une véritable obscurité, il n'est en tout cas pas possible de voir la couleur du pion qu'on retire.

Ainsi, l'une après l'autre, les étoiles quittent le plateau. C'est comme une nuit qui avance, ne laissant finalement dans l'aube naissante qu'une seule étoile allumée. *Celle de qui ?* se demande chaque enfant. Il ne reste alors qu'à ouvrir la lumière pour découvrir la couleur du pion gagnant et se réjouir de ce merveilleux moment qu'on vient de vivre ensemble.

Marchand de sable [1] est un jeu qui dure une petite quinzaine de minutes. Il s'adresse aux enfants entre 4 et 7 ans.

---

1. L'éditeur Piatnik (Autriche) signale que *Marchand de sable* est épuisé. De nombreux exemplaires étaient cependant encore disponibles sur le marché en mars 2006. À défaut de le trouver, fabriquez votre propre version !

Son passage dans la nuit en fait un jeu unique qui nourrit les enfants *côté intérieur.* C'est une expérience riche et profonde que d'être ensemble dans le noir. L'obscurité n'est plus la porte de la peur... mais celle du rêve. Si néanmoins elle reste liée à la peur, nous la traversons ensemble comme un tunnel magique qui nous fait du bien et nous donne du bon.

— *Je voudrais encore jouer au jeu des étoiles*, dit le petit enfant.

— *Demain,* répond Maman. *Les bonnes choses reviennent toujours...*

Il est temps à présent d'aller dormir. L'enfant emporte peut-être avec lui un pion étoilé qu'il pose sur la chaise à côté du lit. Ce soir, le jeu a remplacé l'histoire. Tout le monde est d'accord... et il n'y a pas de scène. Ses parents l'embrassent et ferment la lumière. *Dors bien, Damien ! Dors bien, Yoyo !* L'enfant reste seul dans cette obscurité dont il a apprivoisé une part. D'ailleurs, en ouvrant les yeux, il voit l'étoile dont la lueur brille encore sur la chaise : souvenir d'un moment heureux, d'une relation vécue, d'un espace de rêve...

Ce jeu a été plus qu'un jeu. Il a été nourriture et, en ce sens, il ouvre d'autres faims en l'enfant : J*e voudrais encore jouer au jeu des étoiles.*

Ne pensons pas qu'il est difficile de rassasier nos enfants de cet essentiel que nous venons de semer. De nombreuses occasions se présentent par lesquelles nous pouvons vivre des moments intenses. C'est du même ordre que de tenir un enfant dans ses bras, sans rien faire, en écoutant une musique dans le calme et la douceur. C'est du même ordre que de s'asseoir en vacances sur la colline pour regarder les étoiles, en se serrant l'un près de l'autre. C'est du même ordre que de cueillir des fleurs des champs pour les poser sur la table et de se régaler de leurs couleurs durant le repas.

Autant de choses qui ne servent à rien... mais qui remplissent infiniment plus que les programmes de télévision et les meilleurs repas du monde.

• • •

Il existe peu de jeux de société qui permettent d'autant rêver. *Marchand de Sable* en est un. Pour des enfants plus grands (7 à 11 ans), il en existe d'autres. Le premier s'appelle *Dans la forêt des Ombres.* Lui aussi se joue dans la nuit, avec un *plus* qui va vous ravir...

Ici, les enfants entrent dans le rôle de petits nains qui ont l'habitude de travailler dans la mine. C'est dire que leurs yeux se sont habitués à l'obscurité et ne supportent plus l'éblouissement du soleil. Les nains sortent donc la nuit s'il leur faut aller dans la forêt pour y chercher des herbes ou d'autres trésors.

Ce n'est pourtant pas sans danger car un sorcier connaît leurs habitudes et cherche à les attraper en projetant sur eux les rayons d'une lanterne.

La partie se joue dans le noir autour d'un plateau sur lequel sont dressés des sapins en bois entre lesquels serpentent des chemins. Le principe d'un tel jeu repose sur une bougie à thé qui lance sa lumière sur le plateau et crée des

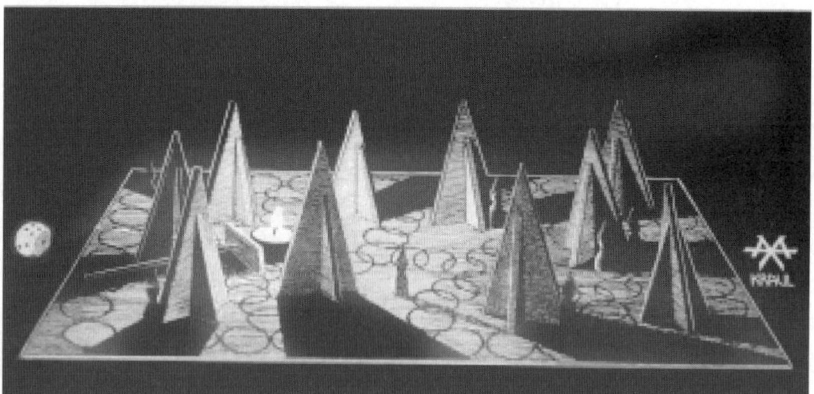

– Dans la forêt des ombres –

ombres derrière les arbres qui lui font obstacle. Au rythme d'un dé, la bougie progresse sur les chemins de cette forêt miniature et les enfants anticipent son déplacement pour garder leurs pions dans l'ombre. Leur objectif est de regrouper tous les pions derrière un même arbre en ne les faisant progresser que dans des zones d'ombre : le moindre passage dans une zone éclairée rend le pion prisonnier du sorcier, auquel cas celui-ci devra être délivré par les autres.

Dans la forêt des Ombres est un jeu extraordinaire qui mélange le noir et le feu, deux éléments qui fascinent les enfants de cet âge. Ne le consommez cependant pas ! Je veux dire par là : ne l'achetez pas pour le jouer dans l'heure qui suit. C'est un jeu qui mérite d'être rêvé et attendu : *Samedi prochain, nous jouerons au Jeu des Ombres !* Chacun peut ainsi entrer dans cette attente qui gonfle le désir et nourrit le rêve.

— *Plus que deux fois à dormir...,* disent les enfants.

Car quel enfant n'aurait pas envie de jouer un tel jeu ? N'est-on pas ici au carrefour des peurs, des séductions et des interdits ? Ce noir qui fascine, ce feu qui attire...

En jouant sur de tels registres, nous initions les enfants à un langage symbolique dont les enjeux me semblent importants pour vivre et reconnaître la vie. Il s'agit bien d'un langage : celui du noir et du clair, des ombres et de la lumière ; celui du feu qui est dangereux mais essentiel, qui menace tout en étant, paradoxalement, source de chaleur.

En cela, aucun discours moralisateur... mais une expérience fondatrice et, c'est important, liée au plaisir. Cet enfant va grandir... et vivre, avec ou sans vous, des expériences connexes qui prennent racines dans des symbolismes semblables : une promenade à la tombée du jour dans un bois, la traversée d'un des tunnels au Verdon, une nuit de bivouac sous les étoiles, un temps de musique et de chant autour d'un feu et de sa braise rougeoyante...

Je me souviens de l'anniversaire d'une de mes filles. C'était en novembre, un de ces jours où le soir tombe tôt. Ce fut l'occasion de jouer à *Dans la forêt des Ombres* avec ses amies. Elles durent tant l'apprécier que l'année suivante, à la même occasion, elles réclamèrent de jouer le même jeu. Nous leur proposâmes cependant autre chose. Elles n'en démordirent pas pour autant : la soif était profonde et, l'année d'après, elles revinrent à la charge : nous y jouâmes donc une nouvelle fois !

De tels temps sont à proprement parler des nourritures aussi importantes que les repas qui garnissent, jour après jour, la table familiale. Ils ouvrent en l'enfant des espaces insaisissables dans lesquels il peut s'arrêter, rêver, songer au passé et se projeter dans l'avenir. Non qu'il le fasse au moment même mais bien dans ce qui reste du jeu quand il en garde le goût et sa trace de plaisir...

Sans ces instants, la vie est consommée. Chaque homme ne devient le poète de sa vie que s'il s'arrête et laisse descendre ce qu'il vit.

C'est pour cette raison que les jeux évoqués dépassent le jeu. Ils initient à un langage qui trouvera sa résonance plus tard. Un jour, en effet, lorsque, plus âgés, ces enfants devenus de jeunes adultes trouveront dans des textes sacrés ou dans des poèmes de Gandhi, de Kahil Gibran ou d'autres figures marquantes, des mots d'ombre et de feu, d'obscurité et de lumière, ils sauront que ces textes et ces poètes parlent de choses « vraies » dont ils ont déjà fait une expérience heureuse.

Dans un tel domaine, rien ne se prouve. Ma propre expérience me fait cependant croire que les occasions d'intériorité ainsi semées sont souvent source de soifs... et les soifs mettent en marche.

C'est dès lors sur les mêmes promesses que se cultive et se joue cet autre jeu... pour le moins étonnant qui s'appelle *Le Volcan* [1]. Son plan en céramique est une vasque dont le centre, légèrement surélevé, accueille une bougie à thé qui symbolise un volcan. Chaque enfant représente une tribu qui, suite à une tempête, a perdu le feu et tente de le récupérer. Pour y arriver, il faut construire un chemin entre la grotte qu'on possède et la flamme du volcan.

Le jeu se joue avec des dés sur le mode de *Pierre/Papier/Ciseaux*. On y joue à tour de rôle par paire et celui qui gagne peut poser un petit bout de mèche, imbibée d'huile à brûler, dans une des rigoles qui vont des grottes jusqu'au volcan. Le jeu est bourré de trouvailles et chacun doit faire avec les obstacles que les autres lui posent ou tout autre détournement permis par les règles.

Dès qu'un joueur est parvenu à réussir sa jonction, le jeu s'arrête et, comme dans *Marchand de Sable*, la seconde partie se déroule dans l'obscurité. L'adulte présent communique le feu du volcan au « chemin » de mèches dont les morceaux ont été posés bout à bout. Le feu court aussitôt sous les yeux émerveillés des enfants et suit l'itinéraire patiemment construit durant la partie. Il n'est d'ailleurs pas rare que deux joueurs se soient rejoints et donc, qu'au carrefour de leur rencontre, le feu se divise et courre vers deux grottes différentes ! Dans chaque grotte, en début de partie, une allumette a été plantée et le feu du volcan, quand il la rejoint, allume sa partie soufrée pour le plus grand plaisir de tous.

1. *Dans la Forêt des Ombres* (de Walter Kraul) et *Le Volcan* sont deux jeux de l'éditeur allemand Kraul. Le volcan, à cause de son plateau en céramique, est un jeu de plus de 100 euros.

On ressort émerveillés d'un tel jeu. À la bonne idée s'ajoute un déroulement sans faille. Nous sommes plongés dans le meilleur de l'imagination humaine. Nous jouons avec le noir, le feu et le mouvement.

Je crois profondément dans le pouvoir de *Marchand de Sable,* du *Jeu des Ombres* et du *Volcan.* Ils n'ont besoin d'aucun commentaire : ils sèment généreusement du sens en ceux qui les jouent, autant d'ailleurs dans les enfants à qui ils sont offerts que dans les parents qui contemplent avec ravissement les yeux brillants et les mines émerveillées.

Traçant le même sillon, ces mêmes parents ont bien raison d'offrir des boîtes à musique aux uns et des coffrets de pierres précieuses aux autres : ils offrent ainsi des occasions de contemplation où l'émotion et les sentiments les plus secrets peuvent s'ouvrir des chemins. Dans le même sens, le cadeau d'une canne à pêche induit parfois à la même ouverture : car, au-delà des poissons qui seront pêchés, n'y aura-t-il pas souvent des heures de solitude et donc de retrouvailles avec soi-même ?

Quand la parole se fait jeu...

Paroles sérieuses, paroles efficaces, paroles de tendresse, paroles de rencontre, paroles curieuses, paroles tranchantes... elles ont bien des visages, nos paroles ! En jeu, elles s'enroulent souvent autour du rire, de la devinette, de l'intelligence, avec pour résultat certain : du lien entre ceux et celles qui se les renvoient.

Ces dernières années nous ont donné des jeux extraordinaires qui détrônent sans façon *Taboo* et *Trivial Pursuit.* En voici quelques uns, parfois très humbles mais merveilleux, parfois plus habillés, audacieux, étonnants, tous brillants quand ils sont bien animés.

***Ostrakon*, le très bon jeu des philosophes**

Ce petit jeu est un bijou ! L'auteur italien, Silvano Serrentino, nous invite en Grèce antique et nous fait progresser sur le chemin de la sagesse en nous proposant d'inventer des questions qui divisent notre auditoire. Quand c'est votre tour de jeu, vous recevez un thème (l'argent, le lit, les ânes, les regrets, l'Italie...) qui doit vous inspirer une question à laquelle on ne peut répondre, par convention, que d'une manière ou d'une autre. Par exemple : *Dans un*

attentat terroriste, la mort d'un enfant est-elle plus injuste que la mort d'un vieillard ? Ou encore : *Mettez-vous une clé sur la porte de votre salle de bain ?* Ou encore : *Les ânes de Corse sont-ils plus têtus que ceux de Bretagne ?*

Ces questions n'ont rien à voir avec la vérité et, dès lors, elles permettent de poser des questions vraies ou abracadabrantes, plongeant dans tous les registres possibles : sentimentaux, de vie quotidienne, scientifiques, historiques, éthiques, etc. L'imagination est souvent au rendez-vous, encore que le but final soit de poser une question qui divise et produise des avis contradictoires. En effet, chacun répond secrètement à la question en posant un ostrakon [1] noir ou blanc sur la table, pour exprimer sa réponse.

Le philosophe de service – celui qui pose la question – est le seul qui ne donne pas son avis. Il essaie simplement de voter comme il pense que la majorité des joueurs le fera. Quand on dévoile les réponses, si son propre vote se trouve dans la majorité, il reçoit autant de points qu'il y a de votes... dans l'opposition. Voilà bien un mécanisme surprenant et extraordinaire. Un joueur doit à la fois pressentir l'avis de la majorité mais ne récolte que les points de la différence ! Autrement dit, recherchez la plus mince majorité et ayez l'intuition de vous poser du bon côté !

Entre adultes, quelle merveille ! Entre amis, quelles surprises qui nous attendent ! Entre convives, quel jeu pétillant ! On ne discute pourtant jamais des avis les plus divers : on les découvre et on s'étonne ; on se dit qu'on en

1. Dans la Grèce antique, l'ostracon était un tesson de bouteille qui servait à manifester son vote.

reparlera ; on construit et déconstruit ce qu'on pouvait penser des autres.

Utilisant des moyens très humbles, *Ostrakon* [1] se présente sous la forme d'un double jeu de cartes dont chacune a été bien pensée : certaines vous attribueront un nom de philosophe, d'autres servent d'itinéraires vers le temple de la sagesse, d'autres encore symbolisent un sablier, la douceur du soleil, les pions des joueurs, les bulletins de vote. Cette diversité et cette richesse passent nécessairement par la lecture d'une règle qui pourrait décourager plus d'un curieux. N'improvisez dès lors pas le jeu : préparez-le avec soin, choisissez votre public, prévoyez assez de temps...

La réussite d'une partie d'*Ostrakon* est liée à tous ces éléments. Osez ensuite... et vous récolterez les fruits d'un jeu hors norme qu'on promet à ses amis comme un festin qu'on a longtemps mijoté sur le feu ! Pour 5 à 12 joueurs, à partir de 18 ans.

Team Work

Cet autre jeu de cartes nous fait jouer par deux et les paires changent à chaque tour de jeu. Quand vient votre tour, vous et votre voisin recevez un mot à faire deviner aux autres joueurs. La méthode employée est simple mais réserve de fameuses surprises. Sans vous concerter, vous devez inventer ensemble une phrase commune en alternant l'un et l'autre 10 mots qui s'enchaînent. À titre d'exemple, pour définir le mot *tronçonneuse,* vous pourriez dire : (Joueur A) *c'est* (joueur B) *une* (joueur A) *machine* (joueur B) *qui* (joueur A) *coupe*, etc. Dans une variante plus difficile, nous-mêmes nous enchaînons des syllabes à la place des mots.

1. Éd. Davinci.

Deux épreuves vous attendent cependant. La première, c'est naturellement le mot qui vous échoit : certains, comme *tas de pierres, méandre, conférence,* vous donneront du fil à retordre car vous êtes limités à 10 mots ou 10 syllabes. La seconde, bien plus puissante, fait le jeu. Vous vous rendrez compte que des personnes différentes ont forcément des logiques différentes pour définir une même réalité. Leurs images mentales partent souvent dans des directions différentes alors qu'elles doivent s'accorder sur une même phrase. *Que veut donc dire mon partenaire quand il place tel verbe ou un article masculin alors que j'avais sur les lèvres un nom féminin ?* Certains mots, comme *fond* induisent, par exemple, chez l'un l'image d'un *fond de bouteille* et chez l'autre celle de la neige qui *fond...*

Trois versions différentes sont disponibles. La première est très généraliste, avec deux niveaux de difficulté. La seconde est orientée sur des mots philosophiques et religieux. La troisième tourne autour de la musique. Le jeu est multilingue et se joue au choix en français, en anglais, en allemand ou en italien. Pour 3 à 20 joueurs. À partir de 11 ans [1].

---

1. Éd. Adlung.

Comedia

Si les deux premiers jeux raviront plutôt des adultes, *Comedia* est, en revanche, particulièrement adapté pour des adolescents, adultes évidemment admis. Sa réédition, après 10 années d'absence, est un bonheur. Centré sur les activités théâtrales, il invite tour à tour chaque participant à monter sur les planches et effectuer une prestation une scène dont les directives sont indiquées sur une carte. Imaginez, par exemple, qu'un ami bavard vous tienne scotché au téléphone alors que vous avez d'autres priorités ; que votre belle-mère vous invite alors que vous ne pouvez pas la sentir. Dans certains cas, il faut apprendre un texte par cœur et le restituer ; dans d'autres, il faut le réciter avec relief, en affichant une certaine disposition d'humeur.

Les moments les plus beaux sont souvent ceux des improvisations dans lesquelles vous endossez seul ou avec d'autres joueurs un personnage et une situation de départ. Improvisez par exemple un pique-nique préhistorique ; prolongez une situation cornélienne...

Toutes les prestations se jouent en une, deux ou trois minutes... et sont applaudies par les autres joueurs, ce qui rapporte des *applaudipoints*. On peut naturellement craindre d'être médiocre... mais l'indulgence est souvent au rendez-vous de *Comedia* [1] car chacun passe sur la scène et espère lui-même l'indulgence des autres. Pour 4 à 10 joueurs. À partir de 12 ans.

Times'up

Nouveau venu dans le groupe des jeux qui mélange quiz, improvisation, mime et mémoire, *Time's up* de Peter Sarret conquiert facilement des publics très divers.

---

1. Éd. Asmodée.

L'idée de *Time's up* [1] est simple : parmi 830 personnages, 40 sont pris au hasard et doivent être devinés. Les participants jouent par paires ; dans chacune d'elles, en alternant, l'un décrit et l'autre devine. Si le jeu se joue en trois manches avec les mêmes personnages, chacune d'elles diffère par le moyen d'expression utilisé : en première manche, une description volubile ; en seconde, un seul et unique mot ; en troisième, une onomatopée ou un mime bouche cousue.

Chaque nom découvert rapporte un point au couple de joueurs et les comparses tentent d'en gagner le plus possible durant l'écoulement du sablier. Il n'est pas rare, bien sûr, de tomber sur un personnage qu'on ne connaît ni d'Ève ni d'Adam. Il faut alors recourir à des comparaisons ou travailler sur les syllabes afin de faire prononcer à son partenaire le nom du personnage secret.

Pour donner un exemple concret, supposons un joueur qui ne connaîtrait pas le peintre Jérôme Bosch. Pour le faire deviner à son coéquipier, en usant d'une imagination galopante, il cadre son personnage en signalant que celui-ci porte le nom d'une foreuse de marque allemande. Son partenaire cite aussitôt des marques qui lui viennent à l'esprit, passe de AEG à SKILL et finit par dire BOSCH. Pour le prénom, il devra recourir au nom d'un indien apache célèbre (Géronimo) ou au prénom d'un personnage de bande dessinée connu par la plupart des Belges.

1. Éd. Repos production pour la Belgique et Éd. Asmodée pour la France.

Une grande partie du plaisir vient de la permanence des personnages quand on passe d'une manche à l'autre. Pas de nouveaux intrus, ce qui permet à chacun de rechercher sa cible dans une fourchette de noms déjà entendus et de se servir des repères souvent humoristiques que le groupe s'est donné pour les évoquer. Ainsi, dans l'exemple déjà cité, il suffit de dire « foreuse » pour faire deviner Jérôme Bosch ! Avec « barbe », dans un autre groupe, on obtient capitaine Haddock et avec « climatisation », Gustav Klimt !

En ce sens, chaque partie est unique puisqu'elle développe des références propres au groupe : certains se souviennent ainsi des dalles d'un trottoir pour évoquer Béatrice Dalle tandis que d'autres prononcent son nom dès qu'ils entendent le mot thermomètre [1] ! Un jeu bourré de bonne humeur pour grands adolescents et adultes qu'on prend et reprend avec plaisir ! (4 à 12 joueurs, 60 minutes).

La fécondité des jeux

Dans tous ces jeux, ce n'est cependant ni l'intelligence des propos ni les virtuosité de certains qui sont féconds. Comme toujours dans un jeu, c'est fondamentalement le plaisir de se relâcher ensemble, de rire et de se laisser découvrir autrement qui relie. Le jeu est puissant en vie parce qu'il établit des liens dont la gratuité apparente est solide comme le sont des racines. Tous ceux qui ont joué aux loups-garous le savent : alors qu'un tel jeu fonctionne sur un mécanisme d'élimination, il crée pourtant entre tous les joueurs un lien de plaisir sur lequel on peut compter dans la vie réelle.

Ne vous privez donc pas de jouer et, de boîte en boîte, entretenez précieusement cette rencontre.

1. Relatif au film *37°2 le matin* dans lequel elle joue.

À la recherche de soi-même,

sous le regard bienveillant des autres

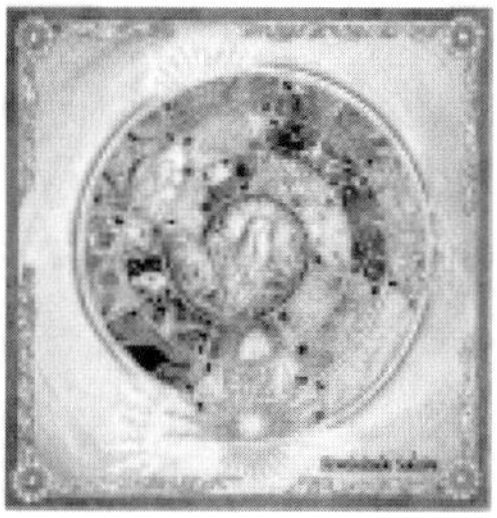

– *Féminitude* –

Une entrée très différente dans le domaine des jeux est celle des jeux dits *de développement personnel.* Ces jeux, à la place d'être centrés autour d'un défi imaginaire, sont en réalité des supports symboliques pour mieux se découvrir et mieux se connaître. C'est en lisant leurs règles ou les commentaires de ceux qui les distribuent que vous saurez s'ils éveillent votre curiosité et votre envie de vous y investir.

Ils fonctionnent aux antipodes d'un jeu comme *Destins* où tout est écrit d'avance. Bien au contraire, chaque avancée sur un plateau – *Jeu de la Féminitude* [1] – ou chaque carte tirée – *Cartes blanches de l'inspiration* [1] – est une occasion de s'arrêter et de découvrir qu'on porte en soi des paroles qui sont profondément les nôtres, des rêves qui nous identifient, des nuances qui donnent de l'étoffe à notre humanité.

---

1. Les deux jeux sont édités par Le Souffle d'Or.

De telles affirmations ne nous figent jamais car, d'une partie à l'autre, rien ne nous empêche de nous dire autrement soit parce que nous avons changé, soit parce que le temps pris pour nous comprendre nous ouvre à des paroles neuves.

On ne joue, bien sûr, à de tels jeux qu'avec des personnes en qui on a confiance. Ici, personne n'est jugé et ne peut être jugé. Le lâcher-prise que requiert toute situation de jeu mène ailleurs que sur les terres que j'ai évoquées précédemment : la parole que je livre est une part de mon intimité et l'écoute des autres, soit par son respect, soit par les questions qui me sont renvoyées, est un miroir pour mieux me connaître.

Ces jeux, peu connus du grand public, ont souvent été conçus par des thérapeutes ou par des personnes engagées dans les mécanismes de communication. *Le jeu des Cartes Blanches de l'Inspiration* trouve, par exemple, son origine dans le Reiki, un art de vivre et de se guérir en accédant à ses énergies intérieures. Dick Nijssen, un maître du genre, l'a conçu au fil des nombreux ateliers qu'il anime : certaines questions, plus que d'autres, permettent aux personnes en recherche de dire une part de leur vérité intérieure. Le jeu comprend 80 cartes dont les paroles que je laisse retentir en moi sont aussi diverses que les exemples qui suivent :

— *En quoi te restreins-tu ? Ose te tenir droit dans ta grandeur et dans ta beauté !*

— *En quoi suis-je fidèle à moi-même ?*

— *Tout en restant fort, je choisis d'être vulnérable et doux.*

On sent bien ici que le jeu est une convention pour entrer avec d'autres dans un lieu souvent trop rare : celui de son propre dévoilement. Aucun exhibitionnisme cependant car toute parole donnée est un cadeau que je dépose sous le regard bienveillant des autres. Selon le jeu, ceux-ci m'écouteront, me renverront des questions pour que je puisse affiner l'expression de ma pensée ou de mon émotion, participeront à l'exploration de la situation ou du problème que je leur soumets.

Dans la même mouvance, en surfant les sites internet[1], vous entendrez parler du *Jeu de la Transformation* et du *Jeu du Tao*. L'un et l'autre nous permettent d'explorer des situations au cœur desquelles nous désirons progresser. En profitant du jeu, du plateau et d'un matériel souvent très beau, nous pouvons les partager et nous réjouir de ce que d'autres personnes, attentives et fraternelles, peuvent nous apporter ou nous conseiller dans de telles situations. En quelque sorte, nous sommes ici aussi dans des jeux coopératifs.

Nouveau venu sur le marché, *Brin de Jasette*[2] s'engage moins sur les chemins de croissance personnelle qu'on devine derrière tous les jeux qui viennent d'être évoqués mais permet, en revanche, à des groupes d'apprendre à se connaître. Proposant quatre catégories de questions – de la plus timide à la plus osée –, le jeu sert à briser la glace, à révéler des traits de sa personnalité, à partager ce que l'on croit ou, plus audacieux, à nous permettre d'exprimer tout haut ce que nous pensons tout bas et que seul un jeu (c'est-à-dire une convention) rend acceptable de dire en public. On passe ainsi d'une question comme *Quel est l'achat le plus inutile que vous ayez fait ?* à ces autres, bien plus intimes : *Comment vous y prenez-vous pour séduire ?* ou encore : *Quelles qualités recherchez-vous chez un partenaire ?*

La question est évidemment de savoir si de tels jeux ne nous font pas glisser hors de ce qu'est fondamentalement un jeu. Ce à quoi il faut vraisemblablement répondre *oui* car, durant l'écoulement de la partie, matériel et mécanisme font tout pour nous faire passer de l'espace ludique à l'espace réel

1. Voir www.souffledor.fr et www.taovillage.com

2. www.brindejasette.com

de la vie. Dans de tels jeux, il n'est pas rare de rougir, de pleurer, d'être ému..., ce qui veut dire que, par l'enjeu du thème, un essentiel de nous-mêmes est mis en jeu : on s'écarte en cela des situations classiques de jeu dans lesquels, autour d'un scénario fictif, *on fait semblant d'être* en s'investissant dans des actions et des personnages sans rapport apparent avec notre vie réelle.

Pour ces raisons, je ne puis que vous conseiller de ne pousser cette porte que si vous pensez en votre for intérieur qu'elle ouvre sur un jardin d'intimité que vous attendiez et que vous êtes prêt à partager. Ne vous y risquez qu'avec des personnes en qui vous avez confiance et démasquez préalablement les manipulateurs et les animateurs dont le tact et la pudeur ne sont pas des garde-fous essentiels.

Bien menés, bien traversés, ces jeux seront alors précieux pour vous.

Architectes du plaisir

Qui pourrait dire que ce tonneau en carton, rempli de planchettes toutes semblables, est un jeu merveilleux ?

La grand-mère me regarde avec étonnement. Elle cherchait quelque chose d'original et je lui propose... du petit bois. Je la laisse à son hésitation et vide le tonneau sur le sol. Merveilleuses planchettes ! En quelques instants, je les transforme en tour, construis un château, ose des coupoles, déroule des torsades...

Ici pas de colle, ni d'autre système d'accrochage. Tout est basé sur l'équilibre, ce qui n'est guère difficile car la planchette *Kapla* est précise et parfaitement d'équerre. Son créateur, Tom Verbruggen, lui a donné des dimensions idéales qui permettent des constructions dont les rapports sont agréables à regarder.

La grand-mère s'étonne de la beauté qui surgit... mais j'ai de qui tenir : *Kapla* fut *le* jeu d'enfance de mon plus jeune et je garde dans mes albums quelques photos des créations qui m'émerveillèrent le plus : de grands échassiers dressés sur une patte, des pagodes aux voûtes suspendues, des villes féodales...

La grand-mère n'hésite plus. Elle semble avoir découvert un cadeau original.

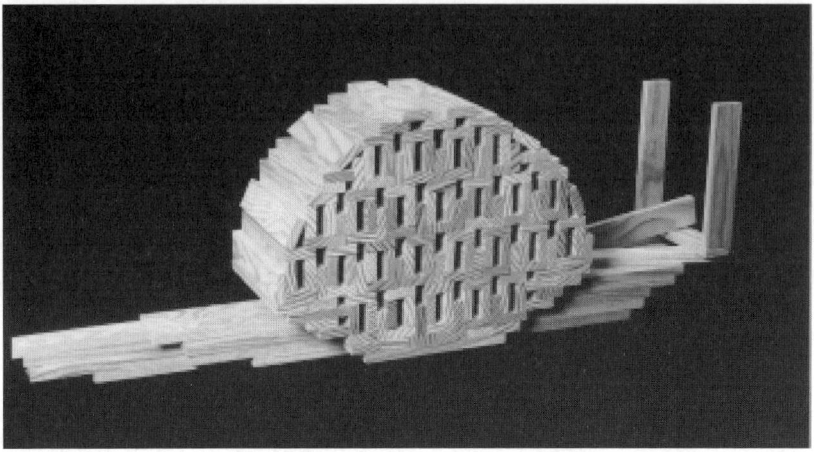

– Escargot en planchettes Kapla (extrait du livre Kapla Rouge*) –*

En mon for intérieur, je sais que je lui ai conseillé le meilleur. *Kapla*, dans de nombreuses familles, est un jeu qui fait des merveilles.

Or voici qu'une année plus tard, cette même grand-mère revient et se dirige droit vers moi. Elle déclare :

— *Monsieur, l'année passée, vous m'avez conseillé d'acheter du Kapla...*

Je la regarde, prêt à encaisser quelque remarque.

— *Eh ! bien !* Continue-t-elle, *je voudrais une autre boîte ! Et savez-vous quoi*, ajoute-t-elle, *même le père de mon petit-fils en joue !*

C'est bien un des autres émerveillements auxquels nous convie *Kapla* : il fait jouer les adultes. Heureuses les mères qui offrent à leurs compagnons une boîte de ces planchettes : si c'est un cadeau surprenant, c'est souvent un présent qui donne des ailes aux joueurs qui se méconnaissent.

Il n'est dès lors pas rare d'observer ce retournement complet de situation :

— *Dis, papa, est-ce que je peux jouer avec toi ?*

Jeux de bienveillance

Certains jeux, alors qu'ils sont basés sur la compétition, induisent une bienveillance naturelle entre les adversaires.

Dans le chapitre sur les jeux logiques, j'ai cité le jeu *Blokus* [1] qui se prête bien pour illustrer mon propos. Dans ce jeu, chaque joueur envahit les espaces libres du plateau en y posant des pièces de sa couleur. Des règles précises sont à respecter et il n'est pas rare qu'un joueur tourne et retourne la pièce qu'il tient en main sans trouver de cases libres pour la poser.

En règle générale, les autres ne manquent pas de venir à sa rescousse : *tu pourrais faire ceci... ou encore cela !*

Oubliant presque qu'ils travaillent contre eux-mêmes, leur manière de prendre part au jeu dépasse leur parti pris. Jouer dépasse leur intérêt. L'excellence du mécanisme pousse à la coopération. Alors qu'ils devraient la retenir, ils font de leur propre compétence un cadeau.

1. *Blokus*, de Bernard Tavitian, Éd. Sekoia (France).

On trouve cette même bienveillance dans un jeu d'audace et de pari. À l'opposé de la logique géométrique qui tisse le déploiement de *Blokus, Can't Stop* [1] est un jeu drôle dans lequel les risques pris provoquent rapidement une ambiance survoltée. Chaque joueur, en se servant de 4 dés, essaie de gravir une montagne. 11 voies sont possibles, chacune correspondant aux nombreuses combinaisons qu'on peut obtenir en lançant 2 dés.

Le principe de *Can't stop*, loin de s'enliser dans la froideur des chiffres, est un jeu qui trouve son ressort dans l'audace des joueurs ou bien au contraire dans leur prudence. Ceux dont ce n'est pas le tour se font à la fois provocateurs et partisans. En poussant les autres à rejouer, ils tirent les chances de leurs adversaires au point d'en casser la corde (ce qu'ils souhaitent). En revanche, ils ne peuvent s'empêcher d'en prendre le parti et cèdent à la bienveillance incontournable que crée un tel jeu : si le joueur n'a pas vu une des combinaisons possibles sur les quatre dés, ils se font un plaisir de la lui désigner.

Souvent les joueurs ne se rendent pas comptent de cette ambiguïté. Pourtant s'ils prennent le temps de se souvenir de la partie, ils constatent rapidement que *Can't stop* induit cette part de bienveillance. Le jeu nous mène ainsi, par le biais de la coopération, au cœur d'une rencontre dans laquelle chacun apporte comme un cadeau la provocation de sa bonne humeur et le cadeau de sa clairvoyance.

1. *Can't stop*, Éd. Franjos (Allemagne).

Chemins d'adresse

J'ai réuni dans ce chapitre quelques jeux d'adresse qui font l'unanimité. Ils sont remarquables, autant par leur fonctionnement original que par leur haut pouvoir de séduction dont on mesure rapidement les effets sur la cohésion d'un groupe. Je me sers souvent du premier, *Bamboleo* [1] de Jacques Zeimet, pour créer des liens entre des personnes qui se connaissent peu. Il apporte cependant bien d'autres cadeaux à la vie d'un groupe, comme en témoigne l'expérience de cette institutrice.

Pour avoir découvert *Bamboleo*, cette jeune femme le propose au début de sa réunion de parents. La plupart d'entre nous sait comment se déroule une telle réunion. Les parents arrivent les uns après les autres et s'installent généralement à la place des enfants, sur les bancs. En attendant le début de la réunion, certains parlent avec leurs voisins tandis que d'autres observent la décoration de la classe : images d'agence de voyage, panneaux déclinant l'irrégularité des verbes *être* et *avoir*, dessins d'enfants sur le thème de la saison.

---

1. *Bamboleo*, Édition Zoch.

Mais, ce soir, surprise, les bureaux ont été poussés et les chaises ont été mises en cercle.

L'institutrice ouvre la soirée : *Nous commencerons par un jeu.*

Les parents sont étonnés. Ils la regardent ouvrir une boîte inconnue et en sortir un plateau jaune et rond sur lequel elle dispose, sans ordre précis, des blocs en bois. Certains blocs sont petits, d'autres grands ; certains légers, d'autres lourds ; certains ont une forme conique, d'autres sont des cylindres ou des rectangles.

L'étonnement des parents va croissant lorsqu'elle sort de la boîte un chandelier sur lequel elle dépose une boule en liège. Il est encore plus grand quand elle tente de poser le plateau en équilibre sur cette boule.

Observez les visages. Chacun est à mille lieues de la réunion des parents et met inconsciemment entre parenthèses les soucis de sa journée et les problèmes de calcul ou d'orthographe pour lesquels il venait peut-être. Le jeu donne à tous de vivre un autre présent. Chacun se demande : *Parviendra-t-elle à faire tenir le plateau ?*

L'institutrice semble sûre d'elle. En quelques gestes adroits – un bloc par-ci, un bloc par-là –, elle équilibre le plateau qui se maintient à l'horizontale sans renverser son chargement.

À cet instant précis, la plupart des parents prend conscience du jeu : parvenir à enlever un bloc sans que les autres ne tombent. L'institutrice n'a pourtant rien expliqué. Elle regarde chacun avec malice puis s'adresse à sa voisine : *À vous de jouer ! Essayez donc d'enlever un bloc !*

La mère interpellée rougit mais il n'est guère possible de s'esquiver. Elle choisit un petit bloc ; le plateau balance... puis se stabilise. Elle a réussi. Elle est presque fière.

L'institutrice veille au tempo et invite le suivant à jouer. Chacun comprend soudain que son tour de jeu viendra. Une tension bon enfant s'installe dans le groupe. Certains sont

– Partie de Bamboleo –

habiles, d'autres un peu moins mais c'est sans importance. De toute manière, personne ne joue *contre* l'autre : on applaudit ceux qui prennent des risques ; on donne un conseil aux hésitants. Jusqu'au moment où l'inévitable se produit : le plateau dégringole, entraînant les blocs et un *vivat* général. La classe est pleine de rires ; les joueurs sont tous dans le camp de la bonne humeur.

Quand la réunion des parents aborde des thèmes plus sérieux, grâce à la partie de jeu, bien des tensions sont tombées. Institutrice et parents ne sont plus *l'un contre l'autre* s'ils pouvaient l'être. Ils ont joué ensemble, ils sont du même bord. L'institutrice a dédramatisé la soirée. Elle leur a dit sans prononcer la moindre parole : *Laissez tomber vos peurs ; nous sommes ensemble pour aller de l'avant.*

• • •

Les jeux d'adresse forment une famille dont le type de

plaisir convient à des personnes très diverses. Ils complètent en cela les jeux visuels.

Un des plus anciens dans ce domaine s'appelle *Jenga*[1]. C'est une tour dont les étages, chacun composé de trois baguettes en bois, sont superposés à contresens. Le joueur dont c'est le tour, essaie de retirer une baguette en la poussant délicatement hors de la tour et sans faire tomber celle-ci. S'il y parvient, il repose la baguette acquise en haut de la tour. Comme on peut aisément l'imaginer, la tour ne cesse de grandir mais devient de plus en plus squelettique et donc fragile. Le jeu s'arrête quand elle s'écroule pour le plus grand plaisir de tous.

• • •

Le meilleur jeu allemand de l'année 2002, *Villa Paletti*[2] de Bill Payne, fonctionne aussi sur ce registre. Un architecte désargenté construit une villa en récupérant les colonnes des étages inférieurs pour bâtir les suivants. Le système de jeu est comparable aux jeux déjà décrits : parvenir à prendre une pièce sans que l'édifice ne s'écroule. Il s'en diffère cependant par des choix plus stratégiques – *Où poser la colonne ? Comment créer une situation en impasse ?* – et par un matériel d'une très grande beauté. Les formes sont aériennes et bien pensées ; étages et colonnes posent l'arc-en-ciel de leurs couleurs sur la partie en cours.

• • •

1. *Jenga*, Édition MB.
2. *Villa Paletti*, de Bill Payne, Édition Zoch.

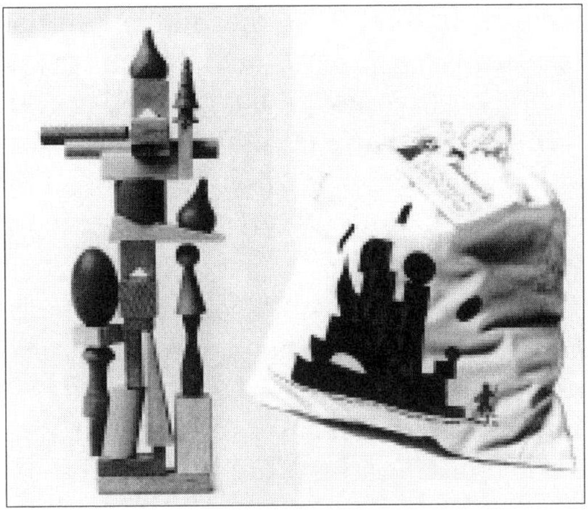

– *Bausack* –

Un des fleurons parmi les jeux d'équilibre s'appelle *Bausack* [1] de Klaus Zoch. Dans son sac de toile blanche, il ne paie pourtant pas de mine... mais passez outre, la règle est parfaite.

Jeu de tours, jeu d'équilibre, jeu de miracles, jeu de douceur. L'objectif pour chacun est simplement de rester en jeu. On ne quitte la partie que lorsque la tour qu'on a devant soi, s'écroule. Un conseil s'impose donc : retardez le plus longtemps possible la construction de cette tour car ainsi vous ne risquez rien ! Il y a deux manières d'y jouer : soit prendre un bloc de la réserve qui vous convient parce qu'il représente une bonne base, soit choisir la pire des pièces dans cette même réserve (le petit œuf, par exemple, ou le cylindre dont la base est biaisée) et l'offrir à votre voisin de gauche.

Les blocs que vous prenez pour vous ainsi que tous ceux que vous acceptez doivent être empilés les uns sur les autres. Chacun glousse devant les miracles que son voisin doit faire. Chacun rit jaune quand c'est à lui d'avoir des doigts de fée pour maintenir l'équilibre et la stabilité de sa propre tour.

Heureusement qu'il y a des haricots secs pour se défendre. Ils servent de monnaie et qui en sacrifie peut refiler au

1. *Bausack*, Édition Zoch.

suivant la mauvaise pièce qu'on voulait lui imposer. *Bausack* (traduisez *sac de blocs*) touche ainsi autant à l'équilibre qu'au bon usage de l'argent. C'est un jeu qui nous talonne dans les retranchements de notre bonté. Il convient particulièrement aux *vrais* joueurs : ceux qui sont capables de se défendre jusqu'au bout des ongles pour une tour de quelques bouts de bois !

Les parties s'emplissent alors de bluff et de faux conseils. L'équilibre recherché stimule l'imagination de tous. Pise est mille fois ré-inventé ! Des tours, des palais, des cathédrales, tous hétéroclites, tous plus beaux les uns que les autres, surgissent sur la table : entrelacs de vide et de plein, coupoles et arcs triomphants, excroissances et audaces qui auraient séduit Léonard de Vinci.

Bausack nous emmène dans les jardins mauresques de Grenade, sans jamais le dire. Si vous y êtes déjà passé, vous savez que nos yeux s'y rassasient de lignes, de parfums et de fontaines. Ici, de même, c'est notre sens du toucher et de l'esthétique qui se conjuguent. Beauté des constructions humaines ! Nous revoici comme des enfants qui peuvent à nouveau jouer avec les blocs en bois de leur enfance. De manière superbe ! Avec une intelligence et un bonheur exquis !

• • •

Dans d'autres jeux, l'adresse mise en œuvre est plutôt liée à un réflexe rapide qu'il faut avoir au bon moment. *Jungle Speed* [1] et *Jungle Jam* [2] me semblent les meilleurs. Dans l'un

---

1. *Jungle Speed*, Édition Asmodée (France). Nous remercions l'éditeur d'avoir pu reproduire une illustration du jeu sur la couverture. Auteurs : Thomas Vuarchex et Pierric Yakovenko.

2. *Jungle Jam*, Édition Fitzebogen.

et l'autre, les fonctionnements sont pareils. Il s'agit de se saisir d'un totem quand deux motifs parfaitement semblables apparaissent.

Ce serait simple si les joueurs disposaient d'un certain temps pour comparer les cartes ; mais le jeu tourne à un rythme d'enfer. Il faut une attention d'aigle pour se défier des illusions : dans les deux jeux, le graphisme a été travaillé pour induire en erreur. Les joueurs se trompent donc souvent, ramassant des amendes terribles qui réjouissent au plus haut point leurs adversaires. C'est de bonne guerre ! Chacun tombe à tour de rôle dans les pièges, tendu entre le désir de prendre et celui, bien plus difficile, de se retenir face aux situations qui prêtent à confusion.

– Partie de Jungle Jam –

L'ambiance est garantie ! Très vite, en le jouant, vous découvrirez combien c'est bon de tenter de se saisir d'un totem au même moment que d'autres joueurs. Les mains s'entrelacent tandis que d'autres se referment sur le vide. Parfois le totem glisse et vole loin de la table. Pire ! les collisions frontales entre les mains qui se projettent en avant, font crier les uns et en obligent d'autres à se couper les ongles. Quels sont les groupes qui ne se souviennent de parties endiablées dont quelques photos témoignent encore ?

Ce sont des jeux faciles à expliquer et donc faciles à introduire. Leur côté visuel rejoint ce que nous avons déjà dit à propos de tels jeux. En voyage, n'hésitez pas les prendre : quelle que soit la langue de vos partenaires, ils y joueront avec plaisir.

Sur le même registre, avec des enfants, nous vous conseillons *Halli Galli* [1], *Concert d'animaux* [2], *Méli-mélo* [3] et, tout récent, *Jouons avec les animaux* [4]. Ces jeux sont plus doux mais fonctionnent également sur un geste ou une parole qui départage. Les adultes y trouvent pleinement leur compte.

• • •

Je serais incomplet sans citer un jeu que nous jouons depuis plus de vingt années dans notre famille. Il est si bon pour nous tous que chacun de mes enfants en possède un aujourd'hui.

---

1. *Halli Galli*, de Haim Shafir, Édition Amigo.
2. *Concert d'animaux*, Édition Piatnik.
3. Éd. Gigamic/collection Zoch.
4. Éd. Haba.
5. De nombreux carroms sont disponibles sur les marchés français et belge. Choisissez un modèle bordé de hêtre dont le plateau est en multiplex.

– Carrom –

Le *carrom* [5] est un billard indien qu'on pose à même le sol ou sur une table basse. Il se présente sous forme d'un plateau de 60 x 60 cm (ou 80 x 80 si c'est un modèle de tournoi), bordé d'un beau cadre en bois dur, avec des trous circulaires dans les quatre coins qui servent de goals. Les joueurs ne touchent jamais les pions mais les font glisser en les percutant au moyen d'un palet qu'ils propulsent d'une chiquenaude donnée du bout des doigts.

Très vite, on découvre que la plus grande règle dans ce jeu est celle de la douceur. Si les tirs au *carrom* nécessitent une certaine précision, la force qu'on y investit est vaine si elle n'est pas mesurée : il n'est pas rare, en effet, qu'un pion frappé trop fort passe au-dessus d'un goal sans y tomber et revienne en arrière.

Parmi quelques règles peu compliquées, celle du pion rouge est remarquable. Outre la valeur qu'elle rapporte à celui qui le gagne, elle donne un suspense parfait à la partie : cette dernière ne peut finir, en effet, sans que le pion rouge ne soit pris, sous peine d'une très grande amende pour celui qui placerait son dernier pion sans respecter cette règle.

De manière égale, on joue au *carrom* à deux ou à quatre joueurs. Avec l'habitude, les parties durent une quinzaine de minutes.

Chemins de logique

Attention, danger ! Si les jeux de logique ravissent un certain public, ils sont souvent les pires quand ils sont proposés inopinément.

— *Je n'aime pas jouer.*

— *À quels jeux ?*

— *Aux Échecs !*

— ...

— *Je perds toujours. Il gagne toujours.*

— *Joues-tu encore avec lui ?*

— *Je n'essaie même plus. Il a compris. Il se cherche d'autres partenaires.*

Le jeu aurait pu être un espace de rencontre. Il a créé un fossé. Il a créé une non-rencontre.

Trois jeux (et leurs semblables) ont fait des dégâts énormes dans le public adulte : *les Échecs*, *Trivial Poursuit*, *Monopoly*.

Je ne comparerais en rien ces trois registres. Je pourrais même défendre chacun d'eux : *les Échecs* pour ses scénarios inépuisables sur une trame de règles simples, *Trivial Poursuit* pour l'occasion qu'il redonna aux adultes de se réunir autour d'un moment de jeu, *Monopoly* pour cette incroyable fascination qu'il exerce sur la plupart des enfants d'Occident.

Mais le prix d'amertume que nous payons aujourd'hui est lourd. Il faut dès lors rappeler haut et clair que *les échecs* ne sont ni le tout du jeu, ni le sommet de la pyramide ludique. Que *Trivial Poursuit* est un jeu de miroirs pour ceux qui ont une culture générale mais un jeu affligeant pour les nombreux autres qui excellent sans doute en d'autres matières. Que *Monopoly* est l'expression même de ce que les enfants adorent et de ce que les adultes détestent : ce n'est donc pas là qu'ils se rencontreront en y trouvant chacun leur compte.

Si jouer est une porte d'exclusion...

Jouer est un cadeau auquel nous avons tous droit. Or dès qu'un jeu trace un chemin d'élitisme ou de rupture, il faut en prendre conscience, le mettre à part et savoir avec qui et quand l'employer.

Dans *les Échecs*, ce n'est pas la règle qu'il faut mettre en cause : elle est remarquable ; mais la réflexion qu'elle suscite et les qualités d'anticipation qu'elle requiert, font qu'elle divise inexorablement le rang des joueurs en deux camps inégaux : celui des vainqueurs possibles (quelques-uns) et des vaincus d'avance (une majorité qui frise la totalité). S'adressant à une forme particulière d'intelligence, *les Échecs* ont leur place au bon endroit et pour certaines personnes, pourvu qu'ils n'excluent pas.

Ce verdict ne condamne pourtant en rien le plaisir qu'on peut tirer d'un mécanisme ou d'une déduction logique. De bons jeux prouvent le contraire mais ils mélangent deux ingrédients qui font défaut aux échecs : des niveaux intermédiaires dans la difficulté et des trouvailles qui font que le jeu pétille d'une manière originale, indépendamment de son degré d'abstraction.

Séduits par la beauté, surpris par une règle à l'envers !

Ainsi, de nombreux adultes sont sensibles à *Quarto* [1]. Ce très beau jeu français est réellement une porte d'entrée dans le monde de la logique et, bien présenté, permet à des personnalités diverses d'y trouver leur compte. Basé sur le système connu de puissance 4, il illustre merveilleusement la surprise que peuvent nous réserver des règles bien inventées.

– Quarto –

Premier étonnement : alors qu'il existe bien deux couleurs (brune et blanche), les pions appartiennent aux deux joueurs. Chacun cherche à réaliser un alignement de quatre pions qui se recoupent au moins sur un critère : soit une même hauteur (grand ou petit), soit une même forme (ronde ou carrée), soit une même couleur (brune ou blanche), soit encore un même relief (creux ou plein). Le plateau comporte 16 cases sur lesquelles l'alignement recherché peut être vertical, horizontal ou diagonal.

Deuxième étonnement : un joueur ne choisit jamais la pièce qu'il va jouer... mais c'est son adversaire qui la choisit pour lui. On se retrouve donc avec un système à l'envers : *je reçois la pièce que je dois poser sur le plateau.* Cadeau ou piège ? À mon intelligence de se servir du premier et de déjouer l'autre ! Une conjugaison étonnante qui ravit ceux qui l'essaient car la règle bouscule nos habitudes.

1. *Quarto*, de Blaise Müller, Édition Gigamic, facile à trouver.

On y joue dès huit ans et bien des adultes peuvent y trouver leur compte. D'une part, pour des raisons déjà citées : les règles sont simples et suivent une logique très claire ; les parties sont courtes (une dizaine de minutes) et une variante plus difficile peut être décidée. D'autre part, pour le plaisir – et ce n'est pas le moindre – de prendre en main ces très belles pièces en bois qu'on laisse sur le plateau entre les parties.

Un chemin qu'on peut faire ensemble

Dans un jeu de logique, il est rare que des enfants et des adultes s'affrontent à égalité. Un adulte peut cependant prendre du plaisir à conseiller son jeune adversaire sans pour autant se laisser faire. Cela veut dire concrètement ceci : si l'enfant n'a pas vu le danger, l'adulte peut l'inviter, par des questions précises, à mieux analyser la situation. Un triple plaisir en sort : 1. celui d'être de réels compagnons de jeux plutôt que des adversaires durs et purs – 2. celui de l'enfant qui découvre des stratégies neuves pour mieux se défendre – 3. celui de l'adulte qui doit d'autant mieux se défendre qu'il a révélé à son partenaire une manière de parer un coup.

Ce compagnonnage sur les chemins de la logique peut commencer très tôt avec les enfants. En choisissant bien leurs jeux, même des adultes qui n'aiment ni les échecs ni les jeux logiques, prennent du plaisir.

À partir de 4 ans, je vous recommande un jeu de cartes qui s'appelle *Pippo* [1]. Il nous embarque dans une histoire de fermier qui vérifie si tous les animaux sont bien rentrés dans l'étable. Or, chaque soir, il en manque un. Mais lequel ? Pour le trouver, l'enfant doit répondre mentalement à deux ques-

1. *Pippo,* de Rainhard Staupe, Édition Amigo, boîte internationale.

tions posées par la carte qui sert d'énigme. 1. Quel animal manque sur l'illustration de l'énigme ? La vache ou le cheval, le chat, le chien ou le cochon ? 2. Dans quelle couleur ? Verte, jaune, bleue, rouge ou violette ? Le premier joueur à désigner du doigt, parmi des images, l'animal manquant dans la couleur recherchée, marque le point.

Alors que le jeu est diablement logique, la plupart de ceux qui le découvrent l'aiment pour deux raisons. D'abord, parce que comme adultes, ils se sentent eux-mêmes à la hauteur de la situation (rappelons que c'est un jeu *pour des 4-7 ans !).* Ensuite, parce qu'il y a un réel jeu dans le jeu : celui d'être rapide et de poser son doigt sur la carte plutôt que de dire la réponse tout haut. Or, ce sont deux étapes consécutives dont la seconde transforme la première en jeu. À se limiter au raisonnement, on en reste à un jeu purement intellectuel. Les gestes sont essentiels en jeu de société. Ils accomplissent le jeu et rétablissent une certaine égalité entre les différents types d'intelligence. C'est vraisemblablement ce qui manque dans un jeu comme Trivial Poursuit : aucune imagination gestuelle n'accompagne le déroulement de la partie. Répondez et vous avancez ! En réalité, le vrai jeu ne se pointe que dans les défis... mais les concurrents y sont profondément inégaux car seul le registre des connaissances intellectuelles y est requis.

Avec des enfants, vous pourriez aussi découvrir *Katamino* [1] ou *Blokus* [2] : dans l'un et l'autre, nous sommes véritablement au cœur d'un jeu tout en expérimentant des manières de gérer l'espace. On y fait une découverte très simple mais essentielle : une pièce, quand elle est retournée, permet de trouver d'autres solutions. Vous y prendrez vous-mêmes beaucoup de plaisir car la simplicité des mécanismes entraîne notre adhésion.

---

1. *Katamino*, Édition JM, boîte internationale.
2. *Blokus*, de Bernard Tavitian, Édition Sekoia, boîte internationale.

Au petit bonheur des embouteillages

Je vous recommanderais aussi *Rush Hour* [1] (traduisez *l'embouteillage).* Pour l'introduire, je dirais ceci : en règle générale, peu de personnes aiment les casse-tête. Mais *Rush Hour* échappe à cette aversion, pourvu qu'on l'essaie un instant. Ne soyez pourtant pas surpris en le voyant : son matériel de petites autos en plastique ne paie pas de mine !

– Le jeu de l'embouteillage –

Pourtant... voilà bien un casse-tête extraordinaire qu'apprécient la plupart de ceux qui l'essaient ! C'est si rare que cela doit être dit. *Rush Hour* est un solitaire merveilleux sur lequel on passe des heures de plaisir, dès 7 ans et comme adulte. Son principe est simple : une voiture rouge est coincée dans un embouteillage et le joueur cherche à l'en sortir. Le jeu se réduit pourtant à faire glisser des véhicules dans les rangées, en avant ou en arrière, pour dégager le passage. 40 problèmes différents en 4 niveaux de difficulté sont proposés. Les premiers sont très simples et ont le mérite de nous donner confiance, ce qui est essentiel ! Pourtant, au fil des cartes numérotées, les embouteillages se compliquent et c'est parfois à deux ou à trois qu'on cherche son chemin vers la solution.

En m'interrogeant sur le succès d'un tel casse-tête, je me dis qu'il y a en lui un *coup de maître* que je définirais de la manière suivante : un objectif très clair, des couleurs qui

1. *Rush Hour*, Édition Binary, boîte internationale.

facilitent la distinction entre les mouvements, un jeu qu'on voit par au-dessus (donc très visuel) et un niveau adaptable, ce qui permet à la fois de partir d'une réussite (les premiers problèmes sont faciles) tout en étant stimulé vers des niveaux plus difficiles.

Cette combinaison parfaite est si rare qu'elle mérite d'être mise en évidence.

Par elle, chacun peut ainsi faire l'expérience que, quelle que soit sa personnalité, en étant bien conseillé, il peut aussi trouver des points de rencontre agréables dans le domaine logique.

Étonnant *SET !*

Ainsi lancés, je vous souhaite à tous de pouvoir découvrir un jour cet autre trésor qui s'appelle *Set* [1]. S'il vous est présenté par quelqu'un qui met de la persévérance et de la douceur dans son explication, c'est un régal qu'on s'offre un jour comme un ballotin de friandises.

Douze cartes sont posées sur la table, avec des motifs très épurés et apparemment semblables. Pourtant, le motif de chaque carte est unique car il représente une combinaison entre quatre éléments qui n'existe qu'une seule fois sur les 56 cartes : sa forme (le rectangle, l'ovale ou la vague), sa couleur (verte, rouge ou violette), son nombre (motif répété 1, 2 ou 3 fois) et son type de remplissage (plein, en pointillé ou vide). À ce stade-là, tout le monde comprend et se demande, intrigué, où réside le défi.

Mais voilà : le jeu est de parvenir à trouver à toute vitesse (élément moteur de plaisir...) trois cartes qui vont ensemble parce que si on les compare sur chaque critère, elles se révèlent être tout à fait semblables ou tout à fait différentes.

---

1. *Set*, de Marsha Falco, collection belge des Éditions Ravensburger, boîte française.

– Partie de SET –

Dans le réel, lors d'une telle explication, les cartes sont réellement étalées sur la table. Très vite, quelqu'un pense avoir trouvé et désigne la combinaison qu'il a sélectionnée. Dans la plupart des cas, cette sélection est fausse car comprendre ce qu'est un set demande quelques ajustements. La recherche des joueurs passe, en règle générale, par des erreurs qui, elles, les mettent sur le chemin de ce qui est juste. Or c'est précisément dans ce mécanisme que naît le ravissement. Le joueur passe de « l'incompréhensible toujours faux » au « compréhensible juste ». C'est une expérience pleine de jouissance... à laquelle vous qui lisez ces lignes, ne comprenez sans doute rien. Car comment vous expliquer ce jeu sans manipuler et découvrir ensemble son matériel ?

Une fois découvert, *Set* devient un trésor. Le joueur est fier intérieurement d'avoir traversé ce labyrinthe de logique.

Avec deux conséquences immédiates : il voudrait disposer du jeu pour encore y jouer et il voudrait partager avec d'autres ce trésor inhabituel.

Chemin d'adulte, au cœur d'un des jeux les plus difficiles dans ses premiers abords. Chemin d'adulte, au cœur d'un retournement, dans le passage de l'énigme au compris.

Et de cet itinéraire jaillit une joie.

Jouer à deux

Ils firent halte sur la berge du jardin des jeux
et dirent à l'homme qui se tenait là :
Donnez-nous à jouer !

Il les regarda et les aima :
ceux-là savaient que le plaisir fait demeurer
et qu'il est bon d'en multiplier les occasions.
Il les sentit pourtant démunis
car, même dans les jeux,
il est parfois difficile de s'accorder.

Alors il les introduisit dans les Cités Perdues,
parcourut avec eux l'archipel de Kahuna,
écarta les brumes de Schotten Totten
et leur offrit, du haut des murailles, la beauté de
Carcassonne.

Ils firent ce jour-là un voyage enchanteur
trouvant pour du bon
la mesure qui unit et pacifie.
Et le souvenir de ce voyage reste vivant
chaque fois qu'ils jouent
aux merveilles qu'il leur avait montrées.

Les jeux pour deux sont de plus en plus nombreux.

Si c'est le premier que vous mettez entre vous, je vous conseille particulièrement *Cités Perdues*. C'est un jeu court, d'une quinzaine de minutes, facile à comprendre et dont le vainqueur n'est pas connu d'avance. Il se joue de part et d'autre d'un plateau allongé qui invite au voyage.

Partez donc vers l'Égypte des pharaons ou vers l'Amazonie luxuriante, vers les terres froides du pôle et vers bien d'autres lieux fascinants. Ne vous engagez cependant que si les cartes que vous tenez en main sont bonnes car toute aventure commencée vous coûte assurément un billet d'avion, soit 20 points négatifs qu'il faudra rattraper durant la partie. C'est ici que l'humour surgit et que vous allez apprendre que devoir jouer n'est pas toujours un cadeau et que certaines cartes enfouies dans le talon se laissent désirer d'un grand espoir !

Les règles de *Cités Perdues* [1] sont pourtant très simples mais la manière dont elles sont agencées, nous régale. Les parties se vivent à toute allure et nous empêchent presque de savourer la finesse des illustrations et le lent rapprochement du site archéologique de chaque expédition.

De niveau légèrement plus élevé mais également très accessible, *Kahuna* nous emmène dans un archipel émaillé de petites îles. Le jeu se joue en trois manches et, au terme de chacune d'elles, celui qui possède le plus d'îles, marque des points.

Pour obtenir une île, il suffit de contrôler la majorité des routes qui y mènent. Si c'est le cas, le joueur pose un marqueur de sa couleur sur l'île gagnée et rend à son adversaire toutes les routes que celui-ci avait construites vers cette île. C'est une action merveilleuse dont les effets se répercutent parfois en cascade d'île en île ! Les routes se laissent gagner par des cartes que les joueurs peuvent accumuler dans leur

1. De Rainer Knizia. Titre allemand : *Lost Cities*, Éd. Kosmos.

– Jouer à deux –

main afin d'agir, quand cela leur convient, de manière foudroyante.

Sous les habits d'une ambiance ensoleillée et de magiciens qui cherchent à étendre leur pouvoir, *Kahuna* [1] est un jeu vivant et alerte, avec un matériel en bois agréable et très visuel. Les parties durent environ 35 minutes.

Légèrement plus difficile mais d'un humour extraordinaire, le petit jeu de cartes *Shotten Totten* [2] nous conduit en Écosse. Deux villages se disputent la place des bornes qui séparent leurs territoires. Pour en fixer l'emplacement de manière définitive, ils nous entraînent dans un combat de cartes dont l'ordonnance des valeurs s'inspire de celle de l'excellent *Rummykub* : des suites et des séries en 6 couleurs

1. De Günter Cornett, Éd. Kosmos.

2. De Rainer Knizia, Éd. Proludi et Éd. Multisim.

différentes. Les parties se déploient cependant sur un tout autre registre dont la part de rêve et la dure réalité du manque, les dévoilements nécessaires et les contre attaques brillantes font du jeu un petit bijou de bonne humeur.

Les cartes sont drôles, la règle de devoir prouver qu'on a gagné est excellente et la possibilité de l'emporter de deux manières différentes est parfaite ! Si le jeu est un tantinet plus difficile que les deux premiers, c'est sans doute parce que sa règle doit être préalablement très bien comprise et donc lue avec soin pour en deviner la richesse et les subtilités. Les parties sont très courtes (10 à 15 minutes) et suscitent des revanches immédiates !

Ils existent bien d'autres jeux pour deux joueurs. Certains sont très cruels comme *Babel* [1] qu'on réservera aux joueurs qui aiment batailler et qui savent qu'un jeu n'est jamais qu'un jeu : sur des chantiers communs, en Mésopotamie, ils construisent des temples de plus en plus hauts et engagent les populations qui vivent le long du Tigre et de l'Euphrate. Certains sont si faciles et si rapides que leurs parties fondent en quelques minutes sous le soleil des motifs, des nombres et des couleurs : c'est le cas de *Speed* dont la crapette se joue sur trois éléments et de *Réaction* [2] dans lequel on récite muettement son alphabet à l'envers ! D'autres régalent nos doigts, notre précision et notre art du mouvement : ce sont, sur des registres très différents, le *carrom* [3] qu'on appelle aussi un billard indien ; *Dvonn* [4] dont les tours cher-

1. De Uwe Rosenberg. Éd. Kosmos.

2. De Maureen Hiron. Ed Schmidt.

3. De nombreuses firmes allemandes, italiennes et françaises en produisent.

4. Éd. Don & C°, voir le chapitre « Des jeux avec du souffle ».

chent l'eau d'une source ; *Othello*, également appelé *Réversi* [1], dont les lignes changent de couleur chaque fois qu'un joueur entoure des pions adverses. Essayez aussi *Cartagena* [2] dans lequel il faut autant reculer qu'avancer si on veut venir à bout de ce tunnel qui va de la forteresse à la mer ; du même auteur, Léo Colovini, l'incomparable *Carolus Magnus* [2] d'une puissance étonnante puisqu'on y joue à la fois dans sa cour et sur les territoires communs en créant une interaction entre les majorités qu'on possède chez soi et celles du domaine public.

La plupart des grands éditeurs consacrent une partie de leur collection aux jeux pour deux joueurs : ne manquez pas de visiter celle des éditions Kosmos, de loin la plus imaginative. Certaines boîtes sont traduites en français mais si vous ne les trouvez pas, n'hésitez pas à choisir les exemplaires allemands : leurs traductions et les aides de jeu sont disponibles sur internet.

En tout, je serais pourtant incomplet sans parler de *Carcassonne* [3]. Meilleur jeu de l'année 2000 en Allemagne, cet étrange domino tient plus de la mosaïque que des alignements de notre enfance. En accrochant des châteaux à des châteaux, des routes à des routes et des prairies à des prairies, les joueurs construisent un superbe paysage. Le déploiement de ce dernier suit pourtant la logique des points qu'ils veulent gagner. Des règles infiniment économes permettent autant d'occuper de vastes territoires que de forcer

– *Carcassonne* –

1. De Lewis Waterman et John Mollet. Nombreux éditeurs : Dujardin, Clementoni.

2. Éd. Winning Moves.

3. De K.J. Wrede, Éd. Schmidt, collection Hans in Glück.

l'entrée de ce qui ne veut pas être partagé ! Goûtez au jeu de base, une boîte bleue prévue pour 2 à 5 joueurs, mais goûtez surtout à l'une de ses variantes, *die Burg* (la ville), une boîte orange dont on ne fait pas le tour en trente parties ! Ici sont construits des palais, toujours plus grands, dont la valeur équivaudra au plus grand vide qui restera dans Carcassonne à la fin de la partie ! Ici sont convoités des bonus qui ne tombent dans l'escarcelle des joueurs que si ceux-ci jouent avec une précision redoutable dans les ruelles de la ville !

En route vers Catane !

Catane est un jeu extraordinaire mais ne se donne qu'à ceux qui s'y risquent et qui acceptent de passer à travers sa règle.

Une règle, faut-il le rappeler, c'est un langage qui nous permet, dans certains cas, de jouer avec intelligence. Certains auteurs comme Klaus Teuber, Rainer Knizia, Alan Moon, Bruno Faidutti, Kris Burn, pour n'en citer que quelques uns, ont une capacité d'agencer leurs règles pour qu'elles permettent des interactions qui donnent du plaisir à notre manière de réfléchir et d'être en relation. Certains y déploient une vision de la vie qu'ils nous invitent à expérimenter.

Quand vous lisez un livre, vous ne le lâchez généralement pas avant d'en avoir parcouru une vingtaine de pages. À ce stade, vous pressentez si le livre vous plaît ou, au contraire, si vous allez l'abandonner. En cela, vous êtes honnête et vous investissez ce qu'il faut pour avoir un avis. En jeu, il en va de même. Découvrir son désir de jouer, c'est entendre dans la narration globale de la règle – à ce stade, on n'entre pas dans les détails – si la musique du jeu touche votre sens de la relation et du plaisir. Si c'est le cas, vous ne devriez pas regretter de devoir lire une règle puisqu'elle va vous permettre de découvrir si le jeu vous convient et porte en lui un pari sur le bonheur.

Quand j'explique *Catane* à quelqu'un qui découvre le jeu, je voudrais toujours que cette personne puisse, autant que d'écouter, plonger dans mon regard et y trouver la promesse de quelque chose de bon, du témoignage de tant de parties jouées dont des hommes, des femmes et des enfants sont sortis heureux.

Dans une société de consommation caractérisée par une économie du tout et du tout de suite, bien des personnes rechignent à lire des règles étoffées. Elles se privent en cela de l'intelligence d'un certain langage. En jeux de société, pour avoir été conçues avec équilibre et finesse, certaines boîtes sont des chefs d'œuvre à l'égal de certains livres en littérature.

Jouer aux *Colons de Catane*, à *Amun re*, à *Carcassonne*, à *Carolus Magnus*, c'est se régaler d'une manière de concevoir des jeux, de l'art d'agencer des règles pour produire du plaisir de haute qualité entre des personnes.

Je me souviens d'un homme à qui j'avais conseillé d'acheter *Catane*. Le revoyant quelques mois plus tard, il me disait, les yeux lumineux, combien ce jeu avait ramené de la relation et du bonheur dans sa famille.

• • •

Les grandes cases hexagonales des *Colons de Catane* représentent une île entourée par la mer. Chacune d'elles symbolise soit un champ de blé, soit un bois, soit une carrière, soit une briqueterie, soit encore un pré où paissent des moutons.

À chaque partie, le hasard les dispose de manière différente et chaque partie est donc un scénario neuf pour ceux qui vont jouer. C'est un premier ravissement.

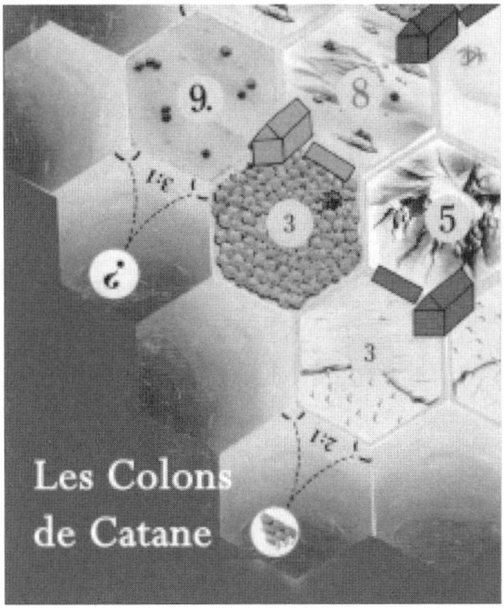

– Plateau des Colons de Catane –

Sur chaque case, hormis celles de la mer, un nombre a été déposé sous la forme d'un petit jeton numéroté. Ces nombres vont de 2 à 12 et certains sont répétés deux fois. Un mécanisme ingénieux les dispose de manière équilibrée et différente lors de chaque nouvelle construction de plateau.

Le but du jeu dans Catane est d'obtenir 10 points qu'on appelle, en jargon de jeu, des points de victoire. Un joueur gagne un point lorsqu'il bâtit un village, il en gagne deux quand il transforme un village en ville et en gagne d'autres encore par certaines actions toutes aussi intéressantes les unes que les autres.

Pour construire un village, il faut réunir quatre matières premières : une carte de blé, une carte de briques, une carte de bois et une carte de moutons. On obtient ces cartes de deux manières : soit par les dés, soit par des échanges.

C'est ici qu'on commence à s'émerveiller. Les villages et les villes rapportent à leur propriétaire une matière première chaque fois qu'un territoire auquel ils sont attenants porte le nombre qui sort aux dés. Supposez, par exemple, qu'un joueur lance les deux dés et obtienne un total de 6 ; aussitôt tous les joueurs qui ont construit un bâtiment attenant aux territoires portant le nombre 6, reçoivent une matière première de ce territoire.

C'est ici qu'on commence à comprendre que le jeu est intelligent ! Lorsque vous lancez deux dés, vous avez bien plus de chance d'obtenir certains nombres que d'autres. Question de statistiques ! En effet, pour obtenir un 2, il faut nécessairement faire un double 1 avec les dés. En revanche, pour obtenir un 6, trois combinaisons sont possibles : 1 et 5 ; 2 et 4 ; 3 et 3.

C'est la raison pour laquelle vous avez tout intérêt à construire le long des territoires qui portent les nombres 5, 6, 8 et 9.

Mais les bonnes places sont rares et chacun les désire : la règle allume précisément ici un premier ingrédient de tension et donc de plaisir. Elle est d'autant plus remarquable qu'elle prévoit un certain système de justice pour l'implantation des premiers bâtiments. Quand ceux-ci auront été posés, les joueurs devront construire des routes sur le plateau pour avoir le droit de bâtir d'autres villages en d'autres endroits.

• • •

Ne pensez pas que c'est compliqué. Il est difficile d'exprimer par des mots ce qui semble évident quand on est devant le plan de jeu, ses petites maisons en bois, ses routes multicolores et l'alternance de ses paysages.

Chacun s'est donc installé et la partie commence. Un tour de jeu comporte toujours trois phases : lancer les dés, faire des échanges, construire.

Premier bonheur : quand quelqu'un lance les dés, tous en profitent ! Chacun regarde, en effet, si le nombre obtenu ne lui est pas bénéfique, auquel cas il reçoit des cartes de matières premières. Autrement dit, quand quelqu'un joue, tout le monde joue !

Deuxième bonheur : dans *Catane*, il est impossible de s'en sortir tout seul. Les matières premières qui vous manquent pour construire des routes, des villages ou des villes, vous pouvez aussi les espérer des autres joueurs en leur proposant des échanges. Les négociations s'ouvrent aussitôt : *Qui me donne une carte de moutons ? Que voulez-vous en échange ?* Et si personne ne bouge, quels seront mes arguments pour convaincre, inciter, obtenir ? Devrai-je offrir trois cartes pour en recevoir une ?

Nous sommes au cœur de l'excellence de *Catane*. Les échanges s'allument, les joueurs se séduisent. Ici chacun recourt à ses registres les plus fins et fait l'expérience de négociations qui aboutissent ou échouent. Quel champ d'expérimentation et quelle traversée utile pour nos adolescents : nos vies réelles sont pleines de négociations et nous avons si peu d'écoles pour les essayer !

Vient ensuite le moment de la construction. Avec les cartes qu'il tient en main, le joueur construit ce qu'il désire et ce qu'il peut. Il rend à la banque trois blés et deux pierres pour construire une ville, une carte de briques et une carte de bois pour ajouter un segment de route : aucune limite dans ces actions si ce n'est celle de ses moyens.

Un joueur a d'ailleurs intérêt à dépenser le plus rapidement possible ses cartes car un bandit surgit régulièrement et rançonne les joueurs les plus riches. Chaque fois que le 7 sort aux dés – or c'est le nombre qui sort le plus souvent quand on lance deux dés ! –, tous les joueurs qui tiennent en main plus de sept cartes, doivent en rendre la moitié à la banque !

Cris et hurlements ! Ceux qui thésaurisaient en sont pour leurs frais ! Ils ne peuvent cependant que s'en prendre à eux-mêmes : auraient-ils été plus généreux dans les échanges, auraient-ils dépensé plus vite leurs cartes, ils ne seraient pas à l'amende !

En réalité, on rit et on savoure ! On se maudit soi-même. On se promet d'être plus prudent. Chacun se retrouve face à lui-même.

Il est pourtant facile de bien dépenser dans *Catane*. La variété des actions est grande, bien au-delà de ce que j'en ai dit, puisqu'on peut acheter des cartes spéciales, réaliser certaines actions qui rapportent des bonus, dérober en toute légalité, bloquer des territoires, s'installer dans des ports et profiter de leurs avantages. D'une partie à l'autre, pour ces raisons-là, les joueurs changent de stratégie, essaient d'autres registres, recopient ce que de d'autres avaient réussi.

Jouer aux *Colons de Catane*, c'est entrer dans un enchantement et, même si quelqu'un gagne finalement la partie, c'est d'avoir joué ensemble dont nous nous réjouissons. C'est un trésor communautaire dont la jouissance est impossible sans la présence des autres. Grâce à lui, des personnes de goûts très divers peuvent se retrouver. En jouant, elles tissent un même présent qui les unit plus profondément qu'elles ne peuvent le penser.

Oh ! les yeux éblouis de ceux qui viennent me dire combien c'était bon ! Même si, ajoutent-ils, la première demi-heure de la première partie fut laborieuse. Mais on n'obtient rien sans rien ! Personne ne peut faire l'économie d'une règle s'il veut s'embarquer sur les meilleurs navires du jeu !

• • •

Pour l'émerveillement de tous ceux-là, il existe de nombreuses extensions [1] qu'on ajoute au jeu de base. Certaines sont excellentes : on y part en mer ; on découvre d'autres îles ; on y augmente le nombre de joueurs. Dans d'autres jeux de base, on y traverse la préhistoire ou l'espace, on refonde la première ville. Chaque fois, autour d'un même schéma, de nouvelles règles et des surprises attachantes nous attendent.

Le plus grand miracle cependant, c'est qu'un adulte qui n'avait pas envie de jouer à *Monopoly* prend réellement du plaisir à jouer à *Catane* avec ses amis ou ses adolescents. Cet autre miracle également, que, dans les couples, les uns et les autres se rejoignent sur un terrain dont chacun savoure la qualité et la rencontre. Ces autres miracles encore, que les méfiants se délectent et que les peureux s'ouvrent, que les partisans des jeux courts entrent dans la danse des jeux plus longs [2] et que ceux qui avaient perdu l'espoir d'un terrain d'entente, trouvent une terre généreuse où il fait bon se dorer ensemble sous le soleil du plaisir !

Les conseils

Commencez par acheter l'édition de base, prévue pour 3 ou 4 joueurs. En janvier 2006, l'éditeur français était Tilsit. Il est cependant possible qu'un autre éditeur le remplace suite à des problèmes de marché. Les magasins vous renseigneront à ce sujet.

N'achetez pas le jeu pour deux (excellent mais de très haut niveau) qu'il vaut mieux découvrir dans un second temps car ce dernier ne fonctionne pas sur l'interaction décrite dans ce chapitre.

---

1. Si vous aimez le jeu de base, vous pouvez le compléter par son extension NAVIGATION, également disponible en français. Ce sont des cartes qui complètent le jeu de base. Cette extension se laisse comprendre en quelques minutes, est facile à jouer et ouvre d'autres possibilités intéressantes.

D'autres extensions existent également : l'extension *Villes et Chevaliers* (excellente mais très stratégique), un scénario *dans l'espace, des scénarios historiques, un scénario préhistoire* (très savoureux, uniquement en boîte allemande avec traduction). Demandez toujours conseil avant d'acheter.

2. Durée d'une première partie de *Colons de Catane* : 2 bonnes heures avec explication. Ensuite 1h30.

D'autres bons jeux de stratégie pour adultes

- *Carcassonne*, de H.J. Wrede, Éd. Schmidt (2-5 joueurs, durée : 45 minutes)
- *Amun re*, de Rainer Knizia, Ed Schmidt (3 à 5 joueurs, durée : 2 heures)
- *Himalaya*, de Bonnessée, Éd. Tilsit (3 à 4 joueurs, durée : 1 h 45)
- *Goldland*, de Alan Moon, Éd. Goldsieber (3 à 5 joueurs, durée : 1 h 45)
- *Tigre et Euphrate*, de Rainer Knizia, Éd. Top Licence (2 à 4 joueurs, durée : 2 heures)
- *Le lièvre et la tortue*, de David Parlett, (uniquement en boîte allemande sous le nom de *Hase und Igel*), Ed Abacus (3 à 6 joueurs, durée : 1 heure)
- *Scotland Yard*, Éd. Ravensburger (3 à 6 joueurs, durée : 45 minutes)
- *Intrigue* (jeu de diplomatie), Éd. Amigo (3 à 4 joueurs, durée : 1 heure)
- *Carolus Magnus*, de Léo Colovini, (Éd. Winning Moves, durée : 45 minutes, excellent à 2 ou à 3)
- Le site www.spiel-des-jahres.de vous informe des titres primés en Allemagne chaque année. La sélection est très fiable. Voyez ensuite ce qui est disponible en France et en Belgique.

Citadelles : *changeons de rôle !*

Si, au fil de ces pages, vous vous êtes découvert une âme de grand joueur, nous vous suggérons de réunir quelques amis et de vous enfoncer dans une partie de *Citadelles.* On en ressort en riant dans sa barbe... à supposer qu'on en ait une. C'est un jeu rebondissant, plein de surprises et de coups fourrés que permet une idée géniale : au début de chaque manche, chacun change de rôle et ce choix est secret !

– Cartes et boîte de Citadelles –

Les cartes de *Citadelles* illustrent des édifices du Moyen Âge ; chacune d'elles affiche la valeur du bâtiment représenté et l'identité du personnage qui a intérêt à le posséder. Un manoir vaut, par exemple, 3 pièces quand on l'achète, trois points de victoire si on parvient à le poser et c'est le roi qui peut en retirer des revenus. En achetant puis en posant ces cartes, chaque joueur construit devant lui une ville. En fin de partie, celui qui totalise le plus de points sur ses cartes posées, gagne le jeu.

Le reste du matériel se réduit à quelques pièces d'or pour réaliser ses achats et huit cartes qui représentent huit personnages. C'est avec elles qu'on touche le cœur du jeu et son fonctionnement particulièrement original.

Ces huit cartes proposent 8 figures [1] aussi diverses que le roi, l'évêque, le marchand, l'architecte, l'assassin, le voleur, le condottiere et le magicien. Chacun de ces rôles permet de jouir des prérogatives liées à de tels métiers. Voler si on est voleur ; avoir priorité si on est roi ; changer ses cartes si on est magicien, etc. Mais là où d'autres jeux proposent un rôle fixe pour toute une partie, *Citadelles* innove en permettant à chacun de changer de rôle au début de chaque manche. Qui plus est, de le choisir secrètement pour qu'un facteur de surprise s'installe et sème ses étincelles de bonne humeur.

Comme dans la réalité, une ville ne se construit jamais sans qu'un certain nombre de fonctions soient appelées et coordonnées. Tantôt nous aurons besoin des prérogatives de l'architecte (*piocher davantage de cartes et pouvoir construire plusieurs bâtiments lors d'un même round*), tantôt des ressources du marchand (*produire de l'argent*), tantôt encore du droit de l'évêque (*récolter l'impôt sur ses propriétés*).

Entrer dans certains rôles permet également de créer des surprises et de réduire à néant les efforts d'adversaires trop entreprenants. Il est ainsi bon d'être l'assassin pour assassiner le magicien qui projette de réaliser, sur notre dos, un coup fumant ; ou encore d'être le voleur pour se servir du trésor accumulé par un autre joueur.

Greffez là-dessus une idée géniale : personne, en dehors de quelques doutes ou de quelques certitudes, ne connaît l'identité des autres joueurs. En effet, au début de chaque

1. Dans la nouvelle édition, des personnages supplémentaires sont proposés.

round, chacun, dans un ordre déterminé, choisit secrètement le personnage dont il veut prendre le rôle. Si les premiers servis ont davantage de choix, ils sont à la merci de ceux qui peuvent déduire leur identité : une information capitale si on veut être sûr de son coup en matière de vol ou de magie !

Les différentes identités sont tenues secrètes jusqu'au moment où le roi de service, dans une cérémonie qui se répète à chaque tour de jeu, appelle les rôles les uns après les autres : *Que l'assassin se dévoile ! Que le voleur paraisse ! Que l'architecte révèle ses plans !*

Chaque personnage appelé joue immédiatement son tour en pratiquant les actions permises (*prendre des pièces d'or ou des cartes ; bâtir des édifices devant lui*) ou en exerçant les prérogatives liées à sa profession (*assassiner un personnage pour l'empêcher de jouer, voler, construire davantage, détruire un bâtiment*).

L'ambiance est vite au rendez-vous et si les premiers rounds demandent de se familiariser avec tout ce qu'on peut faire, les derniers nous font accéder à une maturité et une capacité de bien choisir les personnages qui servent nos intérêts les plus cupides.

Mais ne sommes-nous pas dans un jeu, à cette croisée de chemins où nous pouvons nous rencontrer en créant un cadre inattendu, drôle et impertinent ? Il en naît du bonheur et *Citadelles*, ce jeu qu'on réservera aux grands adolescents et aux adultes, tire son âme de ne cesser de provoquer d'excellentes interactions entre les joueurs. On déglutit quand on est assassiné, on hurle de rage si on est incapable de cacher son dépit, on se réjouit de profiter des réserves d'or qu'un adversaire avait patiemment accumulées.

L'auteur, Bruno Faidutti, a bien tissé sa toile en retournant dans tous les sens le mécanisme du jeu. Après quelques parties, chacun prend conscience que même les rôles qui semblent secondaires, sont extrêmement bien pensés pour cheminer vers la victoire.

L'adage se révèle donc juste : personne ne construit seul une ville sauf qu'ici, on endosse soi-même tous les rôles, au fil des rounds, selon les opportunités qu'on recherche.

Citadelles [1] est un jeu qui nécessite au moins 5 joueurs pour être intéressant. Le jouer à moins, c'est s'exposer à une absence de rebondissements et donc à une déception certaine. Comptez deux bonnes heures pour traverser ce jeu pour le moins étonnant.

1. Édition Multisim.

Puerto Rico, *sous le soleil des îles*

Si j'ai choisi de consacrer un chapitre à *Puerto Rico*, c'est davantage pour la démarche de confiance qu'il stimule que pour l'excellence de son mécanisme. Car sa renommée est double : d'une part, les grands joueurs le placent avec raison dans le groupe des meilleurs jeux actuels mais, d'autre part, tout le monde s'accorde pour dire que la première moitié de la première partie est pénible tant les informations à découvrir sont nombreuses.

C'est donc en quelque sorte un acte de confiance que de s'y risquer. C'est croire qu'au bout du tunnel se déploiera pour notre ravissement un jeu dont l'expérience vaut la peine. C'est accepter les exigences d'un cadre pour en jouir de la richesse.

Ma première impression fut d'entrer dans un jeu très calme. Chacun joue sur son plateau individuel et tente d'y construire une plantation rentable de maïs, de sucre, d'indigo, de tabac et de café. Pour produire, il faut naturellement des hommes dans les champs, ce qui ne servirait à rien si, dans la ville attenante, il n'y avait pas d'usine pour traiter ces récoltes, ce qui nécessite également du personnel.

Puerto Rico, c'est en quelque sorte un univers miniature dans lequel on se plonge et – ce n'est guère un jeu de mots – on y joue comme on jouerait avec des petites voitures. On met en place les éléments de son paysage, on engage les colons qui arrivent d'Europe, on construit les bâtiments qui nous intéressent.

L'essentiel, c'est de construire avec équilibre. Si vous possédez un champ de sucre, il ne vous rapportera que si vous êtes parvenu à construire une raffinerie et que vous disposez de personnel pour travailler sur ces deux lieux. À partir de ce moment, vous disposerez régulièrement d'une production de sucre que vous pourrez soit vendre sur l'île afin de recevoir de l'argent, soit embarquer sur un navire pour recevoir des points de victoire.

Reste donc à savoir comment créer une plantation, construire une raffinerie, engager du personnel, vendre au magasin, embarquer sa production sur un bateau !

C'est ici qu'on découvre l'âme de *Puerto Rico*. Chaque action devient possible dès qu'on se glisse dans un des rôles disponibles. À chaque tour de jeu, comme dans *Citadelles*, les joueurs se font intendant, maçon, planteur, capitaine, artisan ou chercheur d'or... selon les objectifs qu'ils recherchent. Mais – et c'est la différence avec *Citadelles*, bien qu'en interférence de manière subtile les uns avec les autres, les rôles ne sont pas secrets et tous en profitent. Concrètement, lorsqu'un joueur choisit d'être planteur, tous les autres, à sa suite, plantent également. L'initiateur du rôle a toujours un avantage supplémentaire et les rôles qui ne sont pas choisis – 7 rôles pour un maximum de 5 joueurs – reçoivent une prime pour être attrayants lors des prochains tours.

L'ordre dans lequel se jouent les rôles influe beaucoup sur le déroulement du jeu. Il est, en effet, possible que vous ayez le droit de construire au moment où vous ne disposez pas des moyens pour le faire ; de vendre quand vous n'avez pas de marchandises à votre disposition ; d'embarquer des ballots de tabac sur un navire quand il ne reste plus de place dans sa cale !

Chacun inspecte donc régulièrement les plateaux de ses adversaires pour savoir si le rôle qu'il choisit ne rendrait pas trop service à un autre joueur. On gère donc son plateau et on déclenche des actions en tenant compte visuellement de ce que les autres joueurs construisent et obtiennent sur leur propre plateau !

Puerto Rico sent bon le soleil des îles. Une intense activité nous y met en jeu. L'opportunité de chaque rôle nous met au travail, sollicite notre intelligence, provoque nos priorités. Tant de choses sont possibles ! Tant d'options peuvent être prises ! Mais lesquelles seront les bonnes et nous permettront d'être présents au bon moment et au bon endroit avec dans nos entrepôts des marchandises s'il en faut ou dans notre tiroir de l'argent pour réaliser nos projets ?

Le jeu est plein de trouvailles : celle du magasin trop petit dont les rayons ne peuvent accueillir que 4 marchandises en même temps ; celle des navires qui s'en vont quand ils sont pleins, laissant sur le quai des vendeurs dépités car ils ont les mains pleines... mais se présentent trop tard ; celle très simple de la présence humaine qui, sans elle, ne permet pas d'activer ce qu'on a planté ou bâti.

Il n'en reste pas moins que jouer pour la première fois à *Puerto Rico*, c'est d'abord croire *envers et contre tout* que la partie sera un régal : les possibilités décrites par la règle sont si larges qu'on se perd dans la notice au point d'en perdre son envie de jouer. Tant d'informations sont à comprendre, tant de petits mécanismes sont imbriqués les uns dans les autres... que la réputation de *Puerto Rico* est double : un jeu génial mais dont la première partie est une épreuve. Évitez donc, cette fois, de lire la règle et rejoignez un groupe d'amis qui vous offre la chance et la patience de jouer avec vous. Dès la mi-partie, vous vous délecterez !

J'ai écrit « *croire envers et contre tout que la partie sera un régal* ». Nous revoici au cœur d'une logique de la confiance et de sa fécondité. Cet acte de confiance est toujours une chance. Il nous relie, ici précisément, en amont car d'autres hommes sont passés avant nous et témoignent de paysages qui pourraient être un cadeau pour notre vie. Les prendrons-nous ? Si nous leur faisons confiance, c'est vraisemblablement parce que d'autres conseils, de leur part et dans ce domaine, se sont révélés justes. Nous ne sommes jamais les premiers sur la route. Nous y avons des compagnons tout comme nous sommes des compagnons pour d'autres. En amont encore parce que nous ne ferons rien du jeu si d'autres ne nous rejoignent et ne nous font le cadeau d'un temps partagé. Un cadeau précieux ! Ils ont la tendresse d'accompagner nos premiers pas tout en prenant du plaisir à vivre un temps de rencontre avec nous. La première fois que j'ai joué à *Puerto Rico*, ce fut précisément cette expérience-là qui fut vécue. À la fois, j'avais envie d'y jouer car tant d'amis me disaient l'excellence du jeu et, à la fois, pour en avoir lu la règle, j'étais découragé par son ampleur et ses informations techniques. J'accueillis donc avec plaisir l'invitation de mes collègues à plonger avec eux dans le jeu. Pourtant, plus que les règles qu'ils m'expliquèrent et la patience qu'ils eurent aux détours de mes incompréhensions, je reçus d'eux ce jour-là l'inestimable don du temps donné et de la joie d'être ensemble : une pierre d'angle dans des relations de travail.

Une première partie de *Puerto Rico* dure généralement 2h30 à 5 joueurs. Les parties suivantes sont plus courtes (1h30) car, comme dans la plupart des jeux, une fois comprises, les actions se répètent de manière régulière et chacun devient plus vif pour s'en servir.

Puerto Rico [1] fut classé dans les trois meilleurs jeux de l'année 2002 en Allemagne. Dans le cœur de bien des joueurs, il emporte toutes les palmes d'or.

Merci à Irène et Vincent
qui m'ont fait découvrir le jeu.

1. De Andreas Seyfarth. En janvier 2006, le jeu existait en version française chez l'éditeur Tilsit. L'éditeur original est Ravensburger, dans la collection allemande *Alea*.

Les loups-garous de Thiercelieux :

Un jeu redoutable pour le plaisir du plus grand nombre !!

– *Carte de loup-garou* –

Comment ne pas vous conseiller de découvrir avec urgence, sans pour autant vous embarquer dans la difficulté de *Catane* ou de *Citadelles*, *Les loups-garous de Thiercelieux ?* Réunissez de nombreux amis et proposez-leur, pour leur plus grand régal, une partie de ce jeu merveilleux, facile à comprendre, facile à jouer.

Il faut être nombreux pour jouer aux *Loups-garous* : 9 à 20 joueurs dont un animateur et cette situation se prête à merveille pour des soirées en groupe.

En début de jeu, chacun reçoit une identité secrète sous forme de carte. Certains reçoivent une carte de loup-garou, d'autres reçoivent une carte de villageois (2 loups-garous pour 10 joueurs, 3 loups-garous pour 13 et 4 loups-garous à partir de 16 participants). Le jeu est très simple : les loups-garous essaient de manger les villageois et les villageois essaient d'attraper les loups-garous. Chacun observe sa carte sans la montrer aux autres et surtout sans trahir ses sentiments. Il pose ensuite cette carte devant lui, face cachée. Les joueurs sont assis en cercle.

Le jeu se déroule sur un rythme de nuits et de jours que l'animateur enchaîne de manière régulière. Le jeu est très simple à jouer puisque tous les joueurs suivent simplement les consignes du meneur.

Celui-ci enjoint de fermer les yeux. Il n'est pas permis de tricher. En écoutant l'histoire qui leur est racontée, les joueurs se retrouvent ainsi plongés dans la nuit d'un petit village. Des événements dramatiques se préparent et, de fait, le meneur de jeu déclare qu'il est minuit et demande aux loups-garous et à eux seuls de se réveiller.

Les loups-garous ouvrent donc les yeux pour la première fois et font la connaissance les uns des autres. Pour eux, c'est toujours un grand plaisir de se découvrir mutuellement, bien qu'il ne leur soit pas permis d'exprimer leur joie de manière sonore. Les villageois sont, en effet, à l'écoute et pourraient les reconnaître. De toute manière, les loups-garous ont du travail et doivent se choisir une première victime. Ils s'accordent par le regard pour désigner un villageois qu'ils veulent dévorer et le meneur de jeu prend bonne note de son identité. Ils sont ensuite rendormis... et la nuit s'écoule. Celui qui a été dévoré n'est naturellement pas encore au courant de son assassinat : il dort paisiblement.

Puis c'est soudain le matin. Un coq chante. Le meneur réveille tout le village et leur annonce qu'un drame a mis fin à leur tranquillité : *Quelqu'un a été mangé par les loups-garous !* Il laisse quelques instants de suspens puis nomme la première victime : celle-ci doit accepter son sort, montre sa carte et quitte le jeu. À partir de ce moment, elle ne peut plus communiquer avec le village, quelles que soient les informations qu'elle possède. C'est dommage pour elle...

– Partie de Loups-garous –

mais très rapidement, en devenant une spectatrice placée aux premières loges, elle assiste à une pièce de théâtre étonnante.

En effet, durant la journée, voici ce qui se passe. Les villageois ne se laissent pas faire et discutent entre eux pour découvrir l'identité des loups-garous. Qui parmi eux semble suspect ? Chacun donne son avis, y compris les loups-garous qui se font passer pour d'innocents villageois. Les paroles de cette première journée sont toujours très subjectives. Quelqu'un ouvre les débats et en accuse un autre en disant : *Toi, tu as une tête de loup-garou !* Ce dernier, pour se défendre, renvoie généralement la balle en répliquant : *Ne serait-ce pas plutôt toi ? Tout le monde sait qu'attaquer, c'est la meilleure façon de se défendre !*

D'autres, peut-être plus rationnels, interviennent en disant : *J'ai entendu des bruits du côté droit.* Ou encore : *Les loups-garous sont vraisemblablement en face de celui qui a été mangé !*

Nous sommes au cœur du jeu. Des débats incroyables ont lieu. Beaucoup s'enflamment et prennent parti. On se laisse influencer, on change d'avis comme de chemise mais finalement quelques suspects finissent par apparaître... et le meneur de jeu leur demande de se défendre. Un vote définitif intervient ensuite et le suspect désigné doit quitter la partie. Bien sûr, avant de s'en aller, il est prié de montrer sa carte : le village espère avoir attrapé un loup-garou mais, dans de nombreux cas, il s'est trompé et c'est un innocent qui a été condamné. Les villageois sont désolés ! La victime aussi ! Mais on ne revient jamais en arrière pour le plus grand plaisir des loups-garous qui rugissent secrètement de bonheur !

Ainsi, chaque nuit, les loups-garous se réveillent et font une nouvelle victime. Ainsi, chaque jour, les villageois désignent un nouveau suspect et l'écartent.

À ce rythme qui provoque des débats d'une vivacité rare et qui sème immanquablement une ambiance très vitriol, s'ajoutent quelques rôles spéciaux qui rendent le jeu encore plus piquant. Certains villageois ont, en effet, une identité particulière qui leur est spécifiée sur la carte qu'ils ont reçue en début de jeu.

Parmi eux, il y a une voyante. Celle-ci a le privilège d'être réveillée chaque nuit avant les loups-garous et désigne au meneur un joueur dont elle veut connaître l'identité. Elle accumule ainsi des informations précieuses qui lui permettent d'orienter le vote des villageois durant leurs débats diurnes. Elle doit cependant faire preuve d'une certaine discrétion sous peine d'être repérée par les loups-garous et d'être croquée dès la nuit suivante.

Un autre rôle est celui de la petite fille. Le joueur qui la joue est le seul qui peut légalement tricher. Concrètement, la petite fille espionne les loups-garous quand ils choisissent leur victime. Tricher, quand on en reçoit le droit, n'est cependant guère facile et certaines petites filles font preuve d'imagination voire d'un courage étonnant. Je vous laisse imaginer toutes les manières dont vous pourriez jouer ce rôle s'il vous était échu ; dans certains groupes, j'en ai vues des remarquables que je ne trahirai pas ! Au fil de ses espionnages, elle découvre l'identité des loups-garous et se sert naturellement de ces informations pour influencer les débats en journée. Comme la voyante, elle doit faire preuve d'une certaine discrétion et surtout ne pas se laisser surprendre à espionner... auquel cas les loups-garous la mangent sur le champ.

D'autres rôles sont encore disponibles : Cupidon qui désigne deux amoureux qui ne pourraient vivre l'un sans l'autre, une sorcière qui a le don d'empoisonnement et de guérison, un chasseur qui tue quand il est tué, un capitaine influent, un voleur de cartes...

J'ai fait jouer de nombreux groupes aux loups-garous et ce fut chaque fois un succès d'ambiance et de paroles. À tous les coups, la partie finie, des discussions incroyables s'en suivirent, chacun étant tellement étonné des attitudes, des feintes et des fonctionnements qu'entraîne un tel jeu.

On y découvre la passion et le non-discernement d'un jury populaire : on se félicite dès lors d'avoir dans nos pays des instructions judiciaires qui sont longues mais utiles pour éviter de condamner des innocents. Car, pour notre plus grande surprise, dans ce jeu, beaucoup d'innocents sont condamnés et, même si l'on en rit, les loups-garous des temps modernes sont remarquables pour déjouer les soupçons qui pèsent sur eux.

Certains me demandent donc avec raison : pourquoi promouvoir un tel jeu dans le cadre d'un engagement dont la ligne médiane est l'intégration et non l'exclusion ? C'est une question qui me touche et, parmi toutes les raisons qui m'habitent, je privilégierai celle-ci : il s'agit plus d'un jeu sur la survie que d'un jeu sur l'élimination. On y traverse, quel que soit le camp dans lequel on joue, une expérience très forte de l'alliance. *Les loups-garous de Thiercelieux* nous plonge davantage dans une logique du lien que de l'exclusion. Une union profonde – qui dépasse celle du jeu –, se tisse entre les villageois tandis qu'une connivence sans pareille lie les loups-garous. Les joueurs ressortent d'une partie profondément liés par l'action, le suspens et le plaisir qu'ils ont traversés ensemble.

C'est bien le propre du jeu : quel que soit son thème, quel que soit son mécanisme, sa fécondité vient essentiellement du lien qu'il tisse entre des personnes, lien de plaisir à ce moment précis... mais lien sur lequel chacun pourra compter dans la vie réelle quand des heures plus douloureuses seront là.

Les loups-garous de Tiercelieux est d'une durée très variable : une vingtaine de minutes à 10 joueurs, 45 minutes à 13 et parfois deux bonnes heures si le groupe compte vingt personnes. À quoi s'ajoutent les longs commentaires qui abondent quand la partie se termine, quand chacun se libère de la tension qui l'habite et de toutes les observations qu'il veut partager. Bien des groupes, enthousiasmés, rejoueront immédiatement ou se fixeront un rendez-vous pour une autre partie...

Le jeu est d'origine française mais s'inspire d'un jeu populaire qui s'appelle *la Mafia*. Il est présenté dans une petite boîte dont les cartes sont très belles [1].

1. De Philippe des Pallières et Hervé Marly, Editeur LUI-MÊME, distribué par les Éditions Asmodée. Nous remercions l'éditeur d'avoir pu reproduire une carte de loup-garou sur la couverture de ce livre.

Du plaisir à la vie

On me prend souvent au piège de ma profession.
Quelle chance !

M'inviter, c'est espérer que je proposerai de nouveaux jeux.

Je les fais donc jouer.

Et le miracle opère...

Dès que nous jouons, les liens sont remodelés dans le groupe.
Le rire délie et l'inattendu fait son œuvre.
Les relations basées sur le travail sont chahutées
Et d'autres visages peuvent se révéler.

Toute histoire de plaisir est un ciment qui nous entraîne ailleurs.

Ne nous leurrons pas. Ce n'est pas parce que le monde de la psychologie et de la pédagogie sont unanimes pour dire que le jeu est essentiel dans le développement de l'enfant que le jeu prend pour autant sa part dans l'espace public.

Les investissements dans ce domaine seront autrement plus grands quand ils seront décidés par des hommes politiques qui auront découvert que jouer est, pour eux-mêmes, un acte plein de sens et fécond dans leur propre vie. Ceux-là n'auront pas seulement le souci d'équiper en jeux des écoles et des maisons de jeunes. Ils déplaceront aussi des budgets car il leur semblera naturel qu'en promouvant le jeu dans la vie quotidienne des familles et des cités, ils atteindront bien plus facilement la convivialité qu'ils recherchent à travers d'autres projets.

Les événements de novembre 2005, quand les banlieues ont hurlé leur violence dans la nuit, parlent-ils d'autre chose que de liens manqués ?

Dans les cultures francophones, au contraire de la culture allemande pour ne citer que celle-là, cette reconnaissance du jeu comme une part incontournable de la vie citoyenne n'en est encore qu'à ses balbutiements.

J'ai cependant le sentiment de traverser des années charnières dans ce domaine. Tant de gens, tant d'amis, connus ou inconnus, sont au travail.

Chacun, dans son coin, ouvre le grand livre du jeu et en tourne les pages pour trouver celles qui conviennent à l'un ou à l'autre.

C'est un engagement où s'entremêlent la compétence des uns et la confiance des autres, sur un chantier où le plaisir proposé diffère des plaisirs faciles à prendre dont regorge notre société.

Car la question est bien là : comment se fait-il que tant de francophones résistent au jeu alors qu'une des caractéristiques de leur société est justement la recherche du plaisir ?

Serait-ce parce que les plaisirs *à prendre ensemble* et non *les uns à côté des autres* sont plus exigeants ? Dans nos livres, nous sommes seuls. Au cinéma, nous sommes assis côte à côte. Nos voyages diffèrent selon que nous avons étendu nos serviettes les unes à côté des autres sur la plage ou que, pour randonner, nous répartissons le poids entre les sacs à dos.

Mais les jeux de société portent bien leur nom : « *de société* ». Ils annoncent clairement la couleur d'une rencontre et toute rencontre, si plaisir soit-elle, est un engagement, un compromis, un choix, une manière d'être ensemble.

Le plaisir dans les jeux et par les jeux est un bon conducteur. Par lui, nous arrivons dans un jardin communautaire où nous trouvons que le soleil est meilleur et la pluie plus facile à supporter parce qu'ils sont partagés. Dans ce jardin, nous nous régalons de l'essentiel : rire et vivre, être en relation avec nous-mêmes, avec d'autres adultes, avec nos enfants. Dans ce jardin, mais nous l'ignorions peut-être, tout pousse avec abondance.

Ma foi dans les jeux

Qui pourrait dès lors être étonné de ma foi dans les jeux ?

Plus j'avance dans mon engagement pour le jeu, plus je prends conscience que nous pouvons réellement faire confiance aux jeux que nous avons choisis. Quelle drôle d'expression, car ne fait-on pas d'abord confiance en des personnes ? Que voudrait alors dire *faire confiance au jeu ?*

Mais il en va du jeu comme du désert ou de la mer, même si ces derniers s'en diffèrent par leur radicalisme. Permettez à quelqu'un d'éprouver le désert et ses silences ou la mer et son immensité, il en revient généralement changé. La mer et le désert sont vivants et transmettent quelque chose de la vie. De la même manière, les bons jeux sont des lieux de vie. Quels que soient leurs thèmes, ils imprègnent les joueurs de règles et de mécanismes qui les changent à long terme.

Si des enfants ne devaient jamais jouer qu'à *Monopoly*, ils finiraient immanquablement par assimiler cette manière-là de se mettre en relation et de créer le monde. Au contraire, si des enfants peuvent être régulièrement appelés à solutionner des jeux qui requièrent des qualités d'imagination, de confiance, d'écoute et de coopération, ils assimilent progressivement une manière d'être au monde qui construit des vies plus humaines et des sociétés plus démocratiques.

C'est dans ce sens que je fais profondément confiance aux jeux. Les thèmes m'importent finalement peu. Pirates, fées, dinosaures et autres héros des mondes enfantins conviennent parfaitement aux uns. Scénarios historiques, canevas logiques ou situations d'humour conviennent à d'autres. L'important n'est en fait pas là... car, bien plus que le thème, c'est la conjugaison commune des règles qui porte et véhicule les valeurs.

Tout en étant innovateurs et bons pédagogues, beaucoup d'éducateurs se trompent ou, du moins, travaillent au ralenti quand ils récupèrent le jeu pour en faire des leçons sur le message ou la connaissance qu'ils veulent faire passer. S'ils pouvaient découvrir que c'est plus fondamentalement la pratique de bonnes règles qui change l'intérieur et les réflexes d'un individu ! C'est par elles qu'il est réellement remodelé dans son respect de lui-même, sa croissance personnelle, son respect des autres et sa relation à ces autres.

Un jeu bien choisi à cet égard est fécond dans la vie de ceux qui le pratiquent.

• • •

J'étais dernièrement avec deux formatrices d'un mouvement populaire. Avec ces femmes, nous devions prendre le temps de concevoir un jeu par lequel les femmes victimes de violences conjugales trouveraient des éléments sur les mécanismes qui entretiennent cette agression. Ces formatrices revenaient du Canada où la recherche et les outils dans de tels domaines sont en avance sur nos pratiques.

Pourtant, en écoutant leur projet, j'étais frappé par la contradiction entre deux de leurs intuitions. La première est le recours au jeu car ce dernier engendre du rire et de la convivialité dans un groupe. Je ne peux m'empêcher de leur donner raison.

La seconde est une récupération du jeu pour faire passer un message. En le préparant, les formatrices chargeaient le jeu de tellement d'informations théoriques qu'elles le rendaient pesant. Elle en faisaient une épreuve fastidieuse de questions-réponses dans laquelle les joueuses risquaient de s'enliser et de perdre leur plaisir. Était-ce donc un *Trivial Poursuit* qu'elles voulaient élaborer ?

Sauf exception, un jeu ne devrait pas reprendre *à travers des mots* le message qu'il veut faire passer. *Jouer* parle un autre langage :

Jouer, ce n'est pas *dire*.
Jouer, c'est *jouer*.

Jouer, c'est être au monde à travers un autre mécanisme que celui de la parole et de l'intellect. Si un jeu est au service d'un thème, c'est de manière souterraine. Le jeu peut être efficace même si ce que son mécanisme produit n'accède pas à la conscience de ceux qui le jouent.

Si, dans mon combat avec des femmes battues, j'insiste sur l'importance de nous mettre ensemble pour nous en sortir, je n'ai pas besoin d'inventer des jeux qui répètent verbalement ce message. J'atteins le même objectif en leur donnant à jouer des jeux qui leur font faire l'expérience qu'être ensemble, c'est être plus fortes et peut-être gagnantes.

Après avoir entendu des mots sur la solidarité ou sur la capacité de se remettre debout, *jouer* est *un plus* qu'on se donne. Il est fécond pour le groupe non par le message qu'il contient mais par ce qu'il fait vivre de bon et de conciliateur à ce groupe. C'est d'*avoir joué ensemble* que le message s'illustre et devient concret. C'est d'*avoir joué ensemble* que nous nous trouvons revêtus d'une histoire commune, d'une trace de plaisir partagé, d'une connivence qui permet l'avenir.

Nous n'avons pas à plaquer du sens sur les jeux. Le jeu se rit des thèmes qu'on lui donne. C'est si peu à côté de ce qu'il donne par lui-même.

Tant de gens n'ont pas encore compris cet essentiel : le jeu quand il est joué est vivant et, indépendamment de son thème et des joueurs, produit par lui-même de la vie. Si nous jouons des jeux fondés sur des règles bien pensées, la mise en pratique de ces règles génère du bon dans la conscience d'un groupe et de la plupart de ses joueurs.

Jouez... et il en sortira du bon. Car jouer, c'est se rendre vulnérable à l'enfantement d'une convivialité dont les mailles sont des ajustements, des risques pris, des audaces et des connivences.

Cette abondance de fruits vaut bien tous les discours du monde.

Cette abondance de fruits vaut bien tous les détours du monde.

En jouant, nous sommes sur le métier du bonheur.

En jouant, nous nous entrelaçons dans des relations qui nous permettront de sortir des attitudes que nous dénonçons.

Quand des femmes battues jouent ensemble, même si le jeu ne parle pas de la violence conjugale, elles se risquent sur la terre d'une rencontre et deviennent des sœurs dans la résistance. Ensemble, après, elles seront vraisemblablement plus fortes ; le jeu en aura fait des alliées. Comme toujours, le jeu n'est pas dans la vie mais rebondit dans la vie.

Avoir joué ensemble, c'est s'être rapprochés, c'est s'être liés par du plaisir, c'est s'être ouvert une fenêtre de bien-être.

Avoir joué ensemble, c'est avoir osé des registres qu'on n'oserait pas dans la vie... mais qui, par leur succès ou leur insuccès dans la partie de jeu, y deviendront des modèles positifs ou négatifs.

Jouer ensemble, indépendamment des thèmes, est une expérience constructive de la personnalité humaine qui reste valable pour les adultes alors que nous la conférons et la confinons presque toujours au monde des enfants.

Chaque fois que des adultes jouent ensemble, ils s'ouvrent des brèches dans leur quotidien.

Du plaisir au bonheur...

La femme de ma vie dit que nos enfants me ressemblent : ils ne restent dans leur insertion sociale ou professionnelle que s'ils continuent à y éprouver du plaisir.

Je reconnais bien volontiers que le plaisir a toujours été pour moi un critère fondamental dans mes choix. Si je reste en couple, si je reste fidèle à mon métier, si je poursuis ma vie communautaire, c'est parce qu'aujourd'hui encore j'y trouve des sources de plaisir qui font que de nombreux moments qui relèvent de ces univers, régalent mon cœur et mon corps.

Je suis pourtant passé, durant ces 20 dernières années, du plaisir au bonheur. C'est un passage qui ne renie en rien le plaisir... mais qui lui redonne sa juste place de *chemin vers*. Le bonheur est davantage un pays qu'on fait sien. Il n'est pas à fleur de peau : je me découvre heureux dans des états de vie dont la qualité et la foulée me permettent aussi de porter du *non-plaisir*.

Le plaisir est une porte d'entrée, un compagnon important, un signe de santé. Mais pas plus que le jeu, il n'est une fin en lui-même. Si mes journées sont belles, c'est parce qu'elles sont éclairées par des rencontres, des amours et des intérêts qui me rassasient en profondeur. Si je ris aujourd'hui, c'est moins des jeux, c'est moins de l'éclat soudain d'un événement, c'est moins des couleurs séduisantes... mais bien plus de l'enjeu des jeux, de la consistance souterraine de ces événements, de l'alchimie de la palette des couleurs.

Ce ravissement est plus fort que les moments de contrariété qui jalonnent aussi ma vie (jours de travers, ennuis administratifs, rencontres aux antipodes, échecs malvenus). Jamais je ne réduirais ma vie à un calcul savant pour déterminer si le plaisir l'emporte sur le *non-plaisir*. C'est un indice... mais l'un est d'autant plus apprécié et l'autre d'autant plus assumé que mes bonheurs sont vivants, profonds, enracinés.

Nous avons tous du plaisir pour des raisons différentes. Parfois parce qu'un instant inattendu nous surprend et nous régale ! Parfois parce que ce temps que nous vivons nous comble par sa qualité qui tisse une harmonie dans notre vie. Parfois parce que nous sommes conscients de faire route avec d'autres hommes qui furent un jour solidaires de nos épreuves et qui sont toujours là à nos côtés.

Ainsi, en regardant le passé, nous pouvons autant avoir du plaisir de nous souvenir de moments exceptionnels que de ces passages étroits que nous avons traversés avec d'autres.

La vie est mouvement. La vie est passage. Le plaisir n'est jamais qu'une route *vers*...

Nous mène-t-il d'ailleurs vers plus de vie ou de repli ? Nous ouvre-t-il à notre profondeur ou construit-il en nous des impasses ?

Relire sa propre histoire, c'est en prendre conscience. À quoi m'ont relié chacun de ces instants de plaisir ? N'ont-ils pas construit des liens qui m'ont servi de gué pour traverser certaines terres de souffrance ?

Ainsi chaque jeu est pour moi une terre de rencontre,

ce dont je me réjouis infiniment.

Nous avons besoin de complices pour vivre.

En jouant, conscients ou non,

nous nous faisons de vrais amis pour des heures plus graves.

De l'apparente légèreté naît une tendresse dont les ailes nous porteront un jour.

J'ai écrit ces pages avec tant de plaisir.
Elles sont pleines de l'entrain de ces femmes et
de ces hommes dont j'ai croisé le chemin.

On se reçoit toujours de quelque part.

Et maintenant
fermez le livre et déchirez les pages.
Faites-en des oiseaux ou des avions de papier
qui vous feront lever la tête vers d'autres jeux...

Merci à tous ceux qui cheminent avec moi depuis 20 années dans l'équipe de Casse-Noisettes.
Merci à tant d'autres.

À Nadine, Gudrun, Marion, Evelyne, Virginie, Irène, Julie, Dominique, Yori, Vincent, Inge, Cécile, Lisa.

À Corinne, Chantal, Emmanuel, Nicolas, Aline, Brigitte, Juliette, Béatrice, Marianne, Carole, Cécile, Evelyne, Véronique, Sandra, Jérôme, Babeth, Josy, Dominique et Evelyne, Virginie, Julie, Aurélie, Marion, Yosune, Mercedes, Ysa, Ariane, Isabelle, Joëlle, Stéphanie, Dominique, Nadège, José, Géraldine, Alexandre, Aurélien, Eric et Maryse, François, toutes les Annabelles, Frédérique, Fanny, Alice, Fabrice, Freddy, Marie, Pascale, Roseline, Marie France, Magali, Anne Marie, Annie et Christian, Ingrid, Hervé, Julien, Laurent, Mohammed, Suzanne, Marie Reine, Vincent, Pascale, Catherine, Thomas, Agnès, Claire, Vincent, Yann, Marie-Pierre, la petite fille de l'île d'Oléron, Suzanne, Sophie, Joëlle, Patricia, Yannick, Sophie, Yves, Angélique et Bernadette, Régine, Clarisse, Christelle, Emmanuelle, Catherine, Philippe, Sandrine, Ghislaine, Laurence, Nadia, Patricia, Pascaline, Sylvie, Elise, Françoise, Séverine, Thérèse, Sheila et Ara... et tant d'autres.

Le site internet des éditions Le Souffle d'Or

Une contribution unique dans l'essor du développement personnel dans les pays francophones

Venez découvrir l'univers que nous avons créé à votre attention :

- des **informations** très complètes sur les livres, les jeux et les musiques (*Le catalogue*). Vous pouvez les acheter chez votre libraire habituel ou en ligne (*La boutique*)
- une extraordinaire occasion d'échanger avec les personnes qui partagent vos valeurs : rejoignez les discussions sur le **forum, partagez vos expériences et faites des rencontres inattendues** (*L'espace échanges et rencontres*)
- des **actualités** précises et ciblées (*L'actualité*)
- la présentation complète des activités et de l'équipe des éditions Le Souffle d'Or (*Qui sommes-nous ?*)
- une sélection des meilleurs sites Internet qui œuvrent avec nous en faveur de l'esprit réseau (*Les sites en synergie*)

Vous venez de lire un livre des éditions Le Souffle d'Or. Il vous a touché ? Écrivez à son auteur. (Son adresse e-mail et/ou son site internet sont accessibles par la boutique/ descriptif des livres – cliquez sur le nom de l'auteur.)

Vous avez envie de partager vos impressions ?
Nous vous ouvrons un espace de liberté et de convivialité : notre FORUM !

Alors, à vous de jouer !

www.souffledor.fr

LES CARTES DE L'ENFANT INTÉRIEUR

Isha & Mark LERNER

Illustrations de **Christopher GUILFOIL**

Une odyssée au cœur des contes de fée, des mythes et de la nature. Le petit Chaperon Rouge, Aladin, La mère l'Oye, Hansel et Gretel, Cendrillon etc., nous guideront dans notre voyage de connaissance intérieure. Le livre donne des conseils précis d'utilisation et toutes les clefs symboliques des cartes. Toute image qui apparaît peut servir de point de départ d'une histoire ou d'un jeu. Une belle manière de raconter des histoires !

Coffret 150 x 225 x 50 mm : livre (228 p.) + 78 cartes en couleurs

LE JEU DE LA VOIE DES CONTES

Jean-Pascal DEBAILLEUL

Voici un jeu d'oracles, qui s'appuie sur un répertoire de contes de la culture occidentale. L'auteur invite le lecteur à déployer son questionnement en quatre étapes. Des réponses inattendues jailliront de la bouche du sphinx ! À chaque tirage de dés, les contes permettent de découvrir une nouvelle inspiration. Mettez-la en résonance avec votre vie et faites de votre vie un conte !

Coffret 245 x 130 x 30 mm : 2 livres (240 et 208 p.) + 2 dés à 10 faces

FÉMINITUDE

Monique GRANDE

Illustrations de **MYRRHA**

Préface de **Paule SALOMON**

Le côté féminin de l'être humain, souvent en retrait, ne demande qu'à s'épanouir. Ce coffret nous invite à parcourir le monde souterrain du féminin afin de mieux utiliser nos capacités de transformation et notre potentiel de réalisation. Il nous permet de découvrir, de manière ludique, notre temple intérieur, pour y installer l'écoute, la profondeur, le respect, l'intuition, la puissance, la sensibilité, la compassion, la sensualité, l'ouverture du cœur, et tout ce qui respire la féminitude.

Coffret 215 x 245 x 30 mm : livre (243 p.) + 55 cartes en couleur

LE JEU DE LA TRANSFORMATION

Le Jeu de la Transformation permet de trouver une orientation de vie, un nouveau regard sur une situation, une réponse à une interrogation.

Le principe est de jouer avec une intention de jeu, une question, auxquelles chaque joueur va trouver ses réponses. On joue à 2, 3 ou 4 personnes, et il est bon de prévoir une ou plusieurs soirées. L'interaction entre les joueurs représente une dimension importante. Le Jeu de la Transformation est un puissant catalyseur de changement dans les relations, la famille, le travail.

Coffret 260 x 260 x 70 mm : Plateau, pions, 1 dé, cartes & règles du jeu

Dumas-Titoulet Imprimeurs
42000 Saint-Étienne
Dépôt légal : février 2006
N° d'imprimeur : 43537

Imprimé en France